Bia

Sharon Kendrick

Comprada por su marido

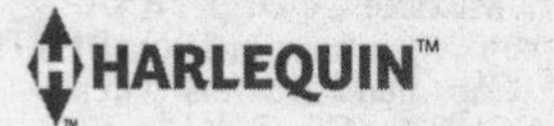

Editado por HARLEQUIN IBÉRICA, S.A.
Núñez de Balboa, 56
28001 Madrid

COMPRADA POR SU MARIDO, N.º 2266 - 23.10.13
Título original: Bought by Her Husband
Publicada originalmente por Mills & Boon®, Ltd., Londres.
Este título fue publicado originalmente en español en 2006.

I.S.B.N.: 978-84-687-3586-3
Depósito legal: M-21993-2013
Editor responsable: Luis Pugni
Fotomecánica: M.T. Color & Diseño, S.L. Las Rozas (Madrid)
Impresión en Black print CPI (Barcelona)
Fecha impresion para Argentina: 21.4.14
Distribuidor exclusivo para España: LOGISTA
Distribuidor para México: CODIPLYRSA
Distribuidores para Argentina: interior, BERTRAN, S.A.C. Vélez Sársfield, 1950. Cap. Fed./ Buenos Aires y Gran Buenos Aires, VACCARO SÁNCHEZ y Cía, S.A.

Capítulo 1

EN el salón de juntas del inmenso imperio naval Christou, Alexei Christou yacía recostado en su sillón mirando hacia el techo mientras una bella morena se arrodillaba frente a él y empezaba a desabrocharle los pantalones.

–Umm –murmuró–. *Omorfo*.

Un gemido de placer escapó de sus labios mientras él se acomodaba para disfrutar de las atenciones que aquella mujer tan ardiente le dedicaba. Fue entonces cuando el teléfono sonó.

–¿*Ne*? ¿Qué demonios sucede? –gritó él–. Te dije que no quería que me molestarán.

Oyó cómo su asistente tosía de forma nerviosa.

–Perdóneme, *kyrios* Christou, por haberme tomado la libertad, pero, dadas las circunstancias, pensé que...

–¿De qué se trata? –dijo Alexei entre dientes.

–Tengo a... Tengo a su mujer al teléfono.

Hubo una pausa.

–¿Mi mujer? –repitió Alexei suavemente mientras que la guapa morena alzaba la cabeza de su regazo y lo miraba fijamente.

–*Ne, kyrios*. ¿Qué quiere que le diga?

¿Que era una zorra despiadada? ¿Que era el mayor error que había cometido en su vida siendo él un hombre que no toleraba en absoluto los errores?

Entrecerró los ojos. Sin duda, llamaba para confirmar que le había llegado la carta que ella le había enviado desde Inglaterra. Su llamada no le era del todo inesperada. Pero, aun así, saber de alguien que ha estado fuera de tu vida durante siete años produce una sensación extraña. Alguien que le había desgarrado el corazón, el cuerpo y el alma. Una mujer que le había atrapado y traicionado después. Ahora que aquella llamada había captado toda su atención, esbozó una cruel sonrisa que hubiera hecho temblar a muchos de sus competidores en el ámbito de los negocios.

Levantó la mano para ordenarle silenciosamente a la morena que dejara de hacer lo que estaba haciendo. Al menos de momento. No era muy buena idea eyacular en su boca mientras conversaba con su mujer, a pesar de que recordar la forma en la que ella lo había traicionado le hacía ver aquello como una venganza bastante adecuada. Sus ojos negros brillaron. Con un corazón tan frío como el de ella, ¿acaso le importaría?

Pero Alexei resistió la tentación dándose cuenta de que permitirse semejante capricho podría ponerlo en desventaja. Había una buena razón por la que los hombres se abstenían de tener sexo antes de una batalla. El sexo debilita al más fuerte de los hombres. Y Alexei ya no era débil. No desde que la arpía con la que se había casado le había traicionado y había desaparecido de su vida.

–Pásamela –le dijo a su asistente suavemente.

En su diminuto apartamento de Londres, Victoria esperaba a que le pusieran con él. Agarraba el auricular tan fuertemente, que ya empezaba a sudarle la palma de la mano. Temía aquella situación más de lo que recordaba haber temido algo jamás, pero quizá ahora ya era inmune a él. Inmune a su arrebatadora sexualidad y a las expectativas tan poco realistas que él tenía de ella como esposa y mujer. Pero, aunque ella ya no fuera su mujer, había un documento que así lo probaba. Sin embargo, ya no sería por mucho tiempo. Ella ya no estaba unida a él. Había sido liberada de la sofocante prisión de su matrimonio. Lo que Alexei pensara ya no le preocupaba lo más mínimo.

«Cíñete a los hechos», se dijo a sí misma mientras miraba la pila de facturas amontonadas que iba creciendo cada día. «Dile lo que quieres lo más rápidamente posible y pon fin a todo esto».

Y entonces, por fin, oyó un pitido y escuchó su fría voz.

–*¿Ne?*

A pesar de que la voz le resultaba familiar, su tono amenazador hizo que se le erizara la piel al tiempo que el corazón le latía frenéticamente bajo el pecho. ¿Inmune a él? En absoluto.

–Hola, Alexei.

Sus ojos negros brillaron al oír el sonido de su suave voz, pero él mantuvo la suya tan firme como si estuviera hablando con un adversario.

–Ah, eres tú –le dijo indiferentemente–. ¿Qué es lo que quieres?

No «Hola, ¿qué tal estás, Victoria?» Ni siquiera un intento de hacerle algún cumplido. Pero, ¿qué esperaba? No era lógico que el hombre cuyas palabras a la hora de romper habían sido «No eres más que una golfa y maldigo el día que me casé contigo» ahora fuera cortés con ella.

–Yo... Necesito hablar contigo.

–¡Qué interesante! –le respondió en un tono susurrante como si se tratara de un tigre moviéndose silenciosamente entre la maleza hacia su presa indefensa–. ¿Y sobre qué?

Victoria cerró los ojos. En aquel momento, recordó las palabras de su abogado.

«Si quiere llegar a un acuerdo rápido, trátele con cuidado, señora Christou. Su marido tiene la sartén por el mango. No porque lleve la razón, sino porque es rico, muy rico».

Naturalmente, tenía razón. Los hombres ricos siempre ganaban porque podían permitirse el lujo de contratar a los mejores abogados. Y Alexei era mucho más que rico. Actualmente existían muchos millonarios, pero no abundaban los multimillonarios griegos que poseían imperios navales. La última cosa que ella quería era discutir por culpa del dinero. Tal y como su abogado le había dicho, debía tratarlo con sumo cuidado.

Victoria abrió los ojos y contempló a través de la ventana las sucias chimeneas que formaban el paisaje de Londres. Distaba mucho de fingir que estaba hablando con un contestador automático en lugar de con el carismático griego con el que se había casado.

Aun así, las palabras que había ensayado una y otra vez se empeñaban en permanecer agolpadas en su garganta. ¿O acaso simplemente se negaba a pronunciarlas sabiendo que una vez dichas todo habría terminado? Seguía aferrándose al matrimonio aunque este no hubiera sido una buena experiencia. ¿Quién no quiere seguir viviendo el sueño y creer en el final feliz?

–Yo...

–¿Por qué pareces nerviosa...

Victoria podía percibir el cruel tono burlón de su voz.

«Tranquila», se dijo a sí misma.

–No estoy exactamente nerviosa –le corrigió–, sino más bien inquieta. ¿Acaso te sorprende? Hacía mucho tiempo que no hablábamos.

–Lo sé –respondió conteniendo un gemido, ya que ahora la morena deslizaba lentamente sus dedos sobre su erección. Él contemplaba cómo la luz se reflejaba en el rojo de sus uñas mientras trataba de borrar la imagen de Victoria de su mente. Borrar la imagen de la muchacha pura e inexperta que había ido hacia él y a quien él había enseñado todo lo que sabía sobre las artes amatorias. Alexei se estremeció.

–¿Alexei?

La voz al otro lado del teléfono le sacó de sus pensamientos mientras que, aún gimiendo, apartó a la morena de su lado. Ella retrocedió sentándose sobre sus rodillas mientras le dirigía una mirada de reproche y sus rosados labios hacían un mohín. Él agitó la cabeza y ella hizo aún más pucheros. Pero, ¿cómo podría permitir que le hiciera eso cuando lo único en lo que él podía pensar ahora era en Victoria? ¡Maldita sea! ¡Maldita sea!

–¿Alexei? –Victoria frunció el ceño mientras oía cómo el ritmo de su respiración se aceleraba–. ¿Sigues ahí?

–*Ne* –contestó sonriendo a la morena. Era el tipo de sonrisa que decía, «Cuando haya terminado con esta maldita llamada, podrás tomarme en tu boca y chupar hasta dejarme seco»–. Pero es que estoy ocupado.

Así que nada había cambiado. Alexei Christou seguía cegado por su misión: querer convertir el imperio Christou en la mayor empresa naviera del mundo. Al menos, eso era lo que los periódicos decían. Victoria solo había presenciado sus ansias de poder en las primeras fases. Aquellos días en los que el trabajo colmaba toda su vida excluyéndola a ella e influyendo enormemente en el lento proceso de desintegración de su matrimonio.

–¿Qué es lo que quieres? –dijo Alexei impacientemente, agitando perceptiblemente la cabeza mientras que la morena deslizaba los dedos entre sus muslos y comenzaba a masturbarse.

Él dibujó con los labios la palabra «espera». Ella volvió a hacer una mueca.

–Hay ciertas cuestiones que debemos discutir. ¿Has recibido la carta?

–¿A qué carta te refieres? –preguntó él fingiendo no saber a qué se refería–. Recibo muchas cartas a lo largo de la semana. De hecho tantas que no puedo recordar de qué tratan muchas de ellas. Refréscame la memoria, Victoria. ¿Qué es lo que dice?

«No dejes que te intimide. Ya no tienes diecinueve años y no estás locamente enamorada de un sueño. Eres una mujer de negocios independiente, a pesar de que no tengas mucho éxito».

Ella esbozó una leve sonrisa...

–Sabes muy bien de qué trata. Es una carta de mi abogado –le dijo rotundamente–, que expresa mi intención de presentar una demanda de divorcio

–tomó aire–. No sirve de nada ignorarla, Alexei. No va a servir de nada.

–¿Quieres el divorcio? –dijo soltando una provocadora carcajada–. ¿Qué te hace pensar que te lo concederé?

–¿Concedérmelo? –repitió ella–. No se trata de hacerme un favor. ¡No tienes otra opción!

Se habían casado muy jóvenes. Alexei ni siquiera había terminado la universidad, pero su poder y autoridad habían aumentado con el transcurso de los años. Había muy poca gente, de hecho nadie, que se atreviera a hablarle de semejante forma. La expresión de su rostro cambió. ¿Acaso no sentía la deliciosa excitación que le provocaba enfrentarse a un conflicto? ¿No experimentaba esa sensación especial al pensar en luchar precisamente contra ella? Porque, en su interior, aún le corroía pensar que no había recibido su merecido. Que no le había hecho pagar lo suficiente. La mujer que le había sido infiel merecía ser aplastada.

–Siempre hay opciones, Vitoria, *mu*. Pero, ¿a qué viene ahora tanta prisa? Hemos estado separados durante siete años sin que hayas dado muestras de querer librarte legalmente de mí. ¿Por qué ahora? ¿Has decidido casarte?

Dijo algo en griego que hizo que la morena lo mirara sorprendida.

–¿Casarte con tu amante? –terminó en inglés haciendo que aquellas palabras sonaran como si no tuvieran nada que ver con el amor. Y de hecho no lo hacían. Todo aquello tenía que ver con la idea de posesión. Incluso ahora, pensar que su mujer tenía a otro hombre que la satisfacía y disfrutaba de las cosas de las que él había gozado antes le llenaba de ira–. Es eso por lo que quieres el divorcio, Victoria? ¿Para satisfacer al hombre que me ha sustituido? ¿Es el mismo con el que rompiste tus votos matrimoniales? ¿Aquel con el que te acostaste antes de llevar un año casada conmigo?

Victoria se tambaleó. Sentía unas horribles náuseas en el estómago que, desdichadamente, le eran familiares. Sin embargo, no se molestó en corregirle. No le creería si le dijera que no había ningún sustituto, si es que, acaso, hubiera alguien que pudiera reemplazarlo. Simplemente era otra de las acusaciones de Alexei que no merecía la pena rebatir. En el pasado él siempre había hecho oídos sordos a sus declaraciones de inocencia, así que siempre lo haría.

Él se había hecho la idea de que ella era una mujer infiel y ahora ya nada podría cambiar la imagen que él tenía de ella independientemente de cuál fuera la verdad. Alexei veía el mundo de la forma que él quería. Quizá eso era lo que todos los hombres ricos hacían. Él era muy cabezota, y eso era su fuerza y su debilidad. Y nada podía hacerle cambiar.

¿Qué le había dicho su abogado? «Sé breve y amable, es la mejor forma. Después de siete años separados, no debéis tener muchas cosas que deciros».

Su abogado, por supuesto, desconocía que Alexei siempre debía tener la última palabra. Siempre tenía que llevar la razón y hacer su voluntad tal y como había hecho durante toda su vida. Y, a pesar de su intención de hacerlo, Victoria no pudo evitar intentar sonsacarle. Naturalmente era curiosa, ¿qué mujer en su misma situación no lo sería?

–Había pensado que tú también estarías encantado de obtener el divorcio. Estoy segura de que debe haber un montón de mujeres esperando convertirse en la futura *kyria* Christou.

¡Naturalmente que había! Los crueles labios de Alexei esbozaron una expresión de ira. ¿Acaso significaba tan poco para ella que podía preguntarle sin más acerca de las mujeres que la habían reemplazado en su cama? La amargura del resentimiento que había sentido hacía ya tanto tiempo y que había permanecido latente durante años parecía estar aflorando peligrosamente.

Enojado, se dio cuenta de que, de alguna manera, Victoria había conseguido matar su erección, cosa que hizo que su enfado aumentara. Impacientemente, le hizo una señal a la morena con la mano y, poniéndose en pie, fue hasta la ventana para contemplar el incomparable azul del mar Egeo.

–Naturalmente, para la mayoría de las mujeres sigo siendo un buen partido –alardeó–. Pero, al contrario que tú, no tengo ningún deseo de divorciarme.

Vio que la morena se daba la vuelta y lo miraba con reproche. En ese momento recordó que ella tenía algo más que unas nociones básicas de inglés. Señaló hacia la puerta y le hizo un gesto con la mano indicándole que esperara tan solo cinco minutos. Después, para suavizar la forma en que la echaba, le lanzó un beso que hizo que ella, a regañadientes, le dedicara una sonrisa. Algunos hombres se habrían sentido culpables por tratar así a una mujer, pero, desde luego, no él.

Él nunca prometía nada que no fuera capaz de dar, lo que significaba que jamás hablaba de compromiso. Sin embargo, era totalmente sincero con las mujeres con las que compartía su lecho o las que, por capricho, acudían a él para darle placer cuando se aburría en el trabajo. Por su parte, ellas obtenían joyas, caprichos, paseos en jet privado y el acceso a las fiestas más fastuosas que se celebraban en todo el mundo.

Pero lo más importante es que él les hacía gritar de placer. Cada una de las mujeres con las que había tenido sexo le había confesado que él era el mejor amante que jamás había tenido. Y Alexei nunca lo dudó un por un momento. Estaba orgulloso de sus habilidades sexuales, pero, para él, aún era algo en lo que podía mejorar.

–¿Me estás diciendo que quieres seguir casado? –preguntó Victoria sorprendida mientras la puerta de la sala de juntas se cerraba despacio y la morena salía de su oficina con un delicioso contoneo de su exuberante trasero.

Alexei esbozó una sonrisa.

–No es eso exactamente lo que he querido decir –reprendió suavemente–. He dicho que no tengo ningún deseo de obtener el divorcio. Ambos conceptos son bastante distintos.

En aquel momento ella lo odió. Su habilidad para hacer juegos de palabras, incluso en un idioma que no era su lengua materna, siempre la había hecho sentirse estúpida.

–Es una cuestión de interpretación –protestó ella.

–Ambos sabemos a lo que me refiero, Victoria. No obtuve mucho de mi matrimonio contigo, pero al menos ahora me sirve para quitarme de encima a algunas mujeres ambiciosas.

Victoria contuvo su indignación sabiendo que la terrible actitud de Alexei hacia las mujeres no tenía nada que ver con ella.

Ella tenía derechos. Lo único que quería era su libertad.

–Bueno, pues yo sí quiero el divorcio –le dijo fríamente.

–¿Y lo quieres ahora? –Alexei exageró un suspiro–. Entonces parece que hemos llegado a una especie de punto muerto.

Victoria pudo oír el tono burlón de su voz y, a pesar de que había prometido no hacerlo, montó en cólera.

–¡No puedes hacer nada para evitar que obtenga el divorcio!

–¿Ah, no?

Hubo una pausa. Después, Victoria empezó a hablar aunque le faltara el aliento.

–¿Me... me estás amenazando?

–¿Amenazarte? –soltó una carcajada–. ¡Menuda imaginación tienes, Victoria!

–¡No me trates con condescendencia!

La sonrisa de Alexei se hizo más grande cuando se dio cuenta de que había logrado su objetivo.

–No tienes por qué ponerte histérica.

Lo que, naturalmente, hizo que Victoria se pusiera histérica. Podría haberle gritado. Decirle que era el hombre más egoísta y autoritario que jamás había conocido, pero se obligó a respirar hondo para poder rebatirle con la misma fuerza que él mostraba. ¿Por qué decirle algo que ya sabía y que parecía no importarle en absoluto?

–¿Quieres que te envíe directamente los papeles, Alexei? Porque esa es la única opción que tienes.

Él soltó otra carcajada de placer al oír el enojo en su voz. ¿Cómo podía haber olvidado lo estimulante que resultaba oponer resistencia? Podía tener una lista entera de quejas sobre la mujer con la que, de forma tan insensata, se había casado, pero, ciertamente, el aburrimiento nunca había aparecido en ella.

–Primero tendrás que encontrarme –le retó él.

–Oh, eso no será difícil, créeme. Mi abogado contratará a alguien que pueda seguirte la pista en Atenas hasta entregarte los papeles del divorcio. Este tipo de cosas sucede a diario. Ya sabes, maridos que se dan a la fuga evitando afrontar sus responsabilidades –de repente paró, consciente de que había hablado más de la cuenta.

Pensativo, Alexei inspiró de forma silenciosa. Parecía que ella se había tomado la molestia de hacer averiguaciones. Y parecía que quería dinero. Frunció el ceño preguntándose qué porcentaje de su fortuna tendría intención de arrebatarle. En aquel momento, deslizó un dedo sobre la mandíbula en la que, a pesar de haberse afeitado esta mañana en uno de los breves descansos que le había otorgado la insaciable morena, empezaba a aparecer de nuevo la barba.

Contempló el mar. En él podía ver, moviéndose lentamente, uno de los barcos que había hecho que su familia, de la cual él era el máximo representante, fuera reconocida mundialmente. La industria naviera proporcionaba grandes beneficios y dentro de ella, los Christou, dominaban el mercado.

¿Merecía la pena oponerse al divorcio? Apoyó los brazos sobre su cabeza y bostezó. Aunque perdiera la demanda, la cantidad de dinero estimada no significaría nada para la fortuna de los Christou. Entonces, ¿acaso no sería mejor firmar el cheque y decirle adiós a Victoria?

Pero entonces el corazón empezó a latirle apresuradamente contra el pecho.

¡Maldita sea, sí! Lucharía contra ella. Se lo merecía después de haberlo herido y traicionado de aquella forma. Lo había engañado y, para un hombre como él, había resultado ser una lección muy difícil de aprender. Él siempre la había valorado y estimado más que a cualquier otra mujer, pero ella no parecía haberlo apreciado.

Pero, ¿acaso no había estado esperando este momento durante mucho tiempo? En su día, le sorprendió bastante que su mujer no le exigiera una parte de su imponente fortuna a los pocos meses de separarse. Y después los meses se habían convertido en años. Así habían llegado a un punto muerto. Sabía que uno de ellos tendría que romperlo algún día, aunque también sabía que nunca sería él, puesto que su orgullo jamás se lo permitiría. Había sido una larga espera, pero parecía que, por fin, había llegado la hora. Y ahora tenía intención de disfrutar de cada momento.

–Aunque te las apañaras para hacerme llegar los papeles –le dijo suavemente–, eso no significa que vaya a colaborar contigo.

Victoria se mordió los labios. Ese era el peor supuesto sobre el que su abogado la había prevenido. Podría empezar a gastarle malas jugadas para alargar el proceso de divorcio y, aunque ella ganara al fin, podría llevarle meses o incluso años hacerlo. Mientras tanto, sus facturas seguirían amontonándose. Y, con un negocio tan pequeño como el de Victoria, los impagos e intereses podrían hacer que todo se fuera al traste.

Pero eso no sería lo peor. Lo peor sería la repercusión que el cese del negocio tendría sobre la mujer que trabajaba para ella, que confiaba en ella. Sabía que las circunstancias de Caroline no eran fáciles. Ella había trabajado duramente y le había mostrado a Victoria lealtad absoluta. Y ella no estaba dispuesta a poner en peligro el medio de vida de esa gran mujer por no tener la aprobación de su ex.

–Así que quieres pelea, ¿verdad, Alexei?

–Llevo el espíritu de la lucha en la sangre, Victoria –murmuró–. Ya lo sabes.

Pero él jamás había luchado para evitar perderla. Por el contrario, se había rendido a la primera oportunidad sin haberse cuestionado la veracidad de los hechos. Librar una batalla legal contra un hombre que aún hacía que el corazón se le acelerase, aunque hoy por hoy fuera de rabia, era lo último que necesitaba o quería.

Victoria se colocó un mechón de pelo detrás de la oreja. «Deja a un lado los sentimientos en este asunto», se dijo a sí misma. «Háblale como si fuera un cliente a punto de elegir el menú para la cena de gala anual del club de tenis. No dejes que se dé cuenta de que te está intimidando».

–¿Hay algo que pueda hacer que cambies de opinión y podamos solucionar esto de forma pacífica? –le preguntó con calma.

A pesar del repentino tono sereno que había adoptado, Alexei se dio cuenta de que aquella era una pregunta clave y, al hacérsela, ella le estaba confiriendo el bastón de mando.

Esbozó una leve sonrisa. Estaba disfrutando de la familiar sensación de tener el control. Pero, ¿qué otra sensación era mejor que un orgasmo? Ninguna, pero, sin duda, la sensación de poder era mucho más duradera.

Contemplando el cielo azul, empezó a imaginarse el pescado que tomaría a la hora de comer en una sombreada terraza en un escondido oasis de la ciudad. Después, quizá saldría a navegar con uno de sus yates. Se daría un masaje en cubierta y quizá disfrutaría de la compañía de la morena. Eso, si aún tenía ganas de ella.

Alexei bostezó.

–Quizá sí –le dijo suavemente haciendo una pausa a propósito. Sabía que los silencios telefónicos podían parecerle una eternidad a cualquier adversario–. ¿Por qué no vienes aquí y lo discutimos?

Victoria se puso tensa. Cada uno de los receptores de su cuerpo dio la señal de alarma al oír una sugerencia tan descabellada.

–¿Te refieres a.... Atenas?

–¿Por qué no?

–¡No seas ridículo, Alexei!

–¿Acaso te parece extraño? –preguntó–. Es aquí donde una vez viviste. El lugar al que solías llamar hogar. Aunque ambos sabemos lo incierto que era. Porque tu vida aquí era tan falsa como tu deseo de ser una buena esposa. ¿Acaso es eso por lo que no soportas la idea de venir de nuevo a Grecia, Victoria?

Ella podía pensar en un montón de razones, pero Alexei era la principal. La última vez que lo había visto, él le había dicho que preferiría pudrirse en el infierno que volver a verla. Así que, ¿qué había cambiado? Instintivamente, Victoria se humedeció los labios secos. Nada había cambiado. Tampoco lo habían hecho los insultos que él le profería. Él la odiaba. Y se lo estaba dejando muy claro.

–No veo la necesidad –susurró Victoria.

–¿Ah, no? Quizá podría ser más... considerado si vinieras aquí y me pidieras el divorcio a la cara.

–¿Pedírtelo? –repitió a pesar de que el corazón le latía con fuerza–. ¿Crees que necesito pedirte permiso? ¿Qué necesito tu consentimiento? ¡No vivimos en la Edad Media!

Pero Alexei sí lo hacía. Siempre lo había hecho. Solo que ella era muy joven entonces para darse cuenta de ello. A pesar de su educación en el extranjero y sus maravillosos trajes y zapatos italianos, en él latía el corazón de un hombre primitivo.

–Eso es lo que dice la ley, Alexei. ¿No lo entiendes? Desde luego, así es como funciona en Inglaterra.

–Pero yo soy griego –le recordó con orgullo–. Y tú estás casada con un griego.

Victoria abrió la boca para decirle que no le importaba, pero se contuvo. De hecho, ya había hablado demasiado. Si supiera que había estado informándose de los aspectos legales del divorcio, él se convertiría en un adversario aún más duro. Sin embargo, Alexei había dicho la verdad. Él era combativo por naturaleza. ¿Seguro que no había otra forma de poder arreglarlo?

–Ven a verme –le dijo suavemente interrumpiendo sus pensamientos–. ¿O acaso no te atreves, Victoria?

¿Se atrevía?

Una vez, ella se había derretido como la cera en sus expertas manos. Él la excitaba con la maestría de sus caricias y el sedoso tacto de su lengua. Tan solo una mirada de Alexei era suficiente para estimularla y arder en deseos.

Pero siete años era mucho tiempo y, en ese periodo, ella había dejado de ser una chica para convertirse en toda una mujer. Una mujer sensata que no iba a enamorarse de nuevo de un diablo de ojos negros que sabía cómo transportar a una mujer al paraíso.

Pero que, sin embargo, no sabía cómo amarla, confiar en ella ni compartir su vida juntos.

–Si accedo a reunirme contigo, ¿no podría ser aquí en Londres? –añadió esperanzada.

Eso sería mucho mejor. Podrían reunirse en cualquier hotel anónimo del centro. Después, ella podría tomar un autobús y salir de su vida para siempre.

Alexei sonrió. Sabía que estaba a punto de conseguir lo que quería. Fuera, hacía un calor insoportable, pero allí dentro el aire era fresco como el agua en primavera. Él amaba su ciudad natal a pesar del ruido, el calor y el bullicio que la hacían tan colorida y vibrante. Le divertiría mucho ver de nuevo allí a su fría y serena ex mujer. Ella era la antítesis de la ciudad. ¿La desearía aún?

–No tengo ninguna intención de ir a Londres.

–Pero es más fácil para ti poder viajar hasta aquí.

Al oír la inseguridad en la voz de Victoria, su sonrisa fue la de un depredador que acaba de atrapar a su presa.

–¿Y por qué piensas eso, *agapi mu*?

Aquella expresión de cariño hizo que ella se sonrojara, pero el cinismo con la que la había dicho bloqueó los recuerdos románticos que evocaba.

–Porque tu trabajo es... flexible –dijo odiándose por titubear. Pero ¿cómo iba a decirle: «Porque eres rico y puedes hacer lo que te dé la gana mientras que yo tengo que trabajar parar ganarme la vida. Porque tengo una pila de facturas que pagar y ni siquiera estoy segura de que pueda permitirme pagar el billete de avión a Grecia»?

Él sonrió, encantado.

–Obviamente, esa es la ventaja de ser tu propio jefe –observó.

–Bueno, yo también soy mi propio jefe –contestó indignada–. Pero, al contrario que a ti, a mí nadie me ha puesto las cosas en bandeja.

Aquello no le sentó nada bien. Nadie solía criticarle.

–¿Y a qué tipo de trabajo te dedicas actualmente, Victoria?

Miró las rosas de azúcar que había sobre la mesa. Estaban listas para decorar la tarta de cumpleaños que acababa de hacer. A pesar de que estuvieran bañadas de azúcar blanquilla, en su interior aún eran de color rosa, como el ramo de flores que ella había llevado el día de su boda. No importaba que su matrimonio no hubiera durado porque, en el fondo de su mente, aún existía. Había algo que le impedía olvidarlo. Y, algunas veces, ese recuerdo era tan fuerte, que le daban ganas de gritar en voz alta para autocompadecerse.

Pero la autocompasión no era un sentimiento muy agradable. Además, no llevaba a ningún sitio.

–Aún me dedico a la hostelería, Alexei –le dijo resueltamente–. Nada ha cambiado.

–Entonces te sugiero que te tomes unas vacaciones. Ven a Atenas y podremos llegar a un acuerdo entre nosotros –continuó sin piedad–. Porque, si quieres el divorcio, esa es la única forma de poder obtenerlo.

Alexei colgó el teléfono resueltamente. La puerta se abrió de repente. Allí estaba de nuevo la guapa morena que, mientras recorría el despacho en dirección a él, se iba desabrochando el vestido.

Capítulo 2

VICTORIA, ¿realmente crees que es buena idea? No tienes por qué arrastrarte hacia tu ex marido, ¿sabes? Y mucho menos por mí.

La voz de Caroline era vehemente. Victoria, que estaba haciendo la maleta, se detuvo un momento para mirar a su amiga. Se habían conocido en la universidad, pero Caroline tuvo que dejarlo al quedarse embarazada.

Cuando el padre del bebé se largó, Victoria le prestó su hombro para llorar y también acompañó a su amiga en el parto.

Y Caroline le devolvió el favor cuando el matrimonio de Victoria se rompió y ella ni siquiera era capaz de levantarse de la cama por las mañanas. Ahora, en ocasiones, ambas bromeaban acerca de las terribles experiencias que habían pasado siendo tan jóvenes, pero entonces, ninguna de las dos se hubiera reído de ello.

Cuando su negocio de catering empezó a despegar, Victoria se dio cuenta de que iba a necesitar ayuda. Fue entonces cuando su vieja amiga resultó ser la persona perfecta. Siendo madre soltera, Caroline estuvo encantada de tener un horario flexible. Además, era buena cocinera. Y así, lo que empezó siendo un acuerdo temporal se convirtió en algo permanente que satisfacía a ambas.

Victoria dobló una camiseta y la metió en la maleta.

–En primer lugar, no me estoy arrastrando hacia nadie. Tengo derecho a llegar a un acuerdo y me debo a mí misma obtenerlo. Y en segundo lugar, no lo estoy haciendo por ti. Parece como si te estuviera haciendo un favor, pero no es así. Mi empresa te debe dinero y yo voy a asegurarme de que lo cobras. Reconozcámoslo –añadió gentilmente–, además de tener que pagar el alquiler, tienes un hijo a tu cargo.

Caroline parecía preocupada.

–No puedo soportar verte tan preocupada como lo has estado en las últimas semanas. Sinceramente, me las apañaré de alguna manera.

–No será necesario –dijo Victoria cerrando su pequeña maleta–. De todas formas, esto es mucho más que una deuda. Es algo que tenía que haber resuelto mucho antes. No puedo seguir fingiendo que el matrimonio nunca se celebró. No tiene sentido. Necesito pasar página –suspiró–. He sido muy cobarde en lo que se refiere a Alexei.

–No me extraña. Se comportó como un cerdo contigo. No entiendo cómo pudiste casarte con él –Caroline hizo una mueca–. Bueno, quizá sí pueda entenderlo...

En aquel momento sus miradas se cruzaron. Ambas sabían por qué Victoria se había casado con él.

Una vez Alexei Christou había decidido que te quería, ¿qué mujer no lo hubiera hecho?

Ahora, a Victoria no le resultaba difícil echar la vista atrás y ver lo insensata que había sido, pero nadie podría haber evitado que se enamoraran. Ella no era la primera adolescente ingenua que lo hacía y, sin duda, tampoco sería la última. Lo que debía haberse quedado en un corto y apasionado romance llegó a convertirse en un precipitado matrimonio.

–Él simplemente está...

–Mimado.

–Bueno, eso si por mimado entiendes tener todo lo que siempre has deseado tener en la vida. Lo que, por supuesto, le ha venido caído del cielo –pero «mimado» le hacía parecer un niño pequeño y si de algo había certeza era de que Alexei era todo un hombre.

Victoria se encogió de hombros.

–Él simplemente lleva otro estilo de vida. Eso es todo. Una vida que no tiene nada que ver con la mía. Y ya es hora de librarme de él.

–¡Pero si ya lo hiciste!

Victoria agitó la cabeza, de tal forma, que su sedosa cabellera rubia resplandeció a la luz.

–De eso se trata. No me siento realmente liberada. Mientras permanezca casada con él, aunque solo sea porque un papel lo diga, me sentiré unida a él. No puedo remediarlo –dijo consciente de que hablar de él le hacía experimentar todo tipo de emociones contradictorias.

Caroline le entregó un tubo de crema solar.

–¿Cómo te sientes al pensar que vas a volver a verlo? –preguntó de repente.

–Estoy aterrada –contestó sinceramente Victoria.

Se sintió un poco revuelta al embarcar en el avión de una de las compañías aéreas griegas de bajo coste en la que había comprado el billete. Se sentó en su asiento y empezó a pensar lo diferente que le había resultado viajar a Grecia en el pasado.

Esa vez estaba rodeada de mochileros, sin embargo, mientras estuvo casada con Alexei, siempre había volado con estilo. ¡Y qué estilo! La primera vez que la había llevado a su ciudad natal, Victoria no podía creer que eso le estuviera sucediendo a ella. Era como estar dentro de una película de Hollywood en las que el director no tiene problemas de presupuesto.

Habían puesto a su disposición uno de los aviones privados de la familia Christou, pero incluso en medio de toda la felicidad que sentía por haberse casado con el hombre del que estaba enamorada, a Victoria se le había erizado la piel al tener el primero de una serie de malos presentimientos. Ella era una extraña. Una chica inglesa. Y, además, pobre. Una de las guapas azafatas le había dirigido una mirada de asombro como si hubiera estado pensando: «¿por qué diablos se ha casado con ella?»

Victoria recordó que ella también había pensado lo mismo. Consciente de ello, se había alisado el vestido nuevo que Alexei le había regalado mientras pensaba si realmente ella era lo suficientemente buena para un multimillonario griego.

De manera perceptible, había alzado la barbilla para mirarlo. Sus brillantes ojos negros la habían bañado de una luz negra como el ébano.

–Mi riqueza te intimida un poco, ¿verdad, *agapi mu*? –le había preguntado él suavemente.

Victoria había podido recobrar el vigor a través del tacto de sus dedos. De repente, se había sentido tan fuerte como él.

–Tu riqueza no me importa lo más mínimo –había declarado apasionadamente–. Te amaría incluso aunque no tuvieras una dracma.

Él la había mirado con aprobación, pero quizá Victoria se hubiera hecho un favor a sí misma si le hubiera confesado que la gente que tenía alrededor sí la intimidaba. No era nada fácil estar rodeada de gente que se preguntaba qué era lo que tu marido había visto en ti al mismo tiempo que, sin duda, hacían apuestas acerca de la duración del matrimonio. Pero, si él lo hubiera sabido, ¿acaso habrían cambiado las cosas?

Victoria agarró del carrito de las bebidas una lata de refresco de cola. Estaba sedienta y se la bebió rápidamente. «Basta ya», se dijo a sí misma. «Deja de recordar. Céntrate en la realidad, que es un infierno. Vas a Atenas con un objetivo. Ver a Alexei y poner fin a tu matrimonio. Él ha forzado esta situación. Y también recuerda que sigue siendo tan autoritario como siempre».

Miró a través de la ventanilla mientras el avión volaba sobre el mar Egeo y empezaban a descender hacia a Atenas. A medida que se acercaban a tierra, podía ver la aglomeración de edificios y la congestión de tráfico que había en las calles. Todo el mundo pensaba que Atenas era calurosa, ruidosa y sucia, pero Victoria conocía otra ciudad. Una Atenas secreta y desconocida para los turistas que Alexei se había encargado de mostrarle.

Él le había enseñado los verdes parques escondidos en medio de la ciudad. La había llevado a comer a pequeñas tabernas que, por la noche, estaban iluminadas por las guirnaldas de luces de colores que pendían de los árboles próximos a ellas mientras que la gente bailaba y te animaba a unirte a ellos. Y allí, descalzo, Alexei también había bailado con ellos sonriendo y agitando la cabeza.

A pesar de su intención de no caer en el sentimentalismo o la nostalgia, sintió una punzada de arrepentimiento cuando el avión aterrizó en la tierra natal de Alexei. En Inglaterra, hubiera sido más fácil aparcarlo en un rincón de su mente y pensar que la experiencia de su matrimonio había sido algo que había vivido en otra vida. Pero ahora tenía que aceptar que ese viaje iba a traerle, necesariamente, recuerdos dolorosos de todo lo que él había significado para ella.

Más le valía prepararse para ello y armarse de valor, ya que el instinto le decía que iba a necesitar todo el que fuera capaz de reunir. Si flaqueaba o permitía que los sentimientos la hicieran vulnerable, entonces sería una presa fácil para su listo y calculador marido.

Después de recoger su equipaje, Victoria salió al exterior. A pesar de que solo era junio, el calor era capaz de derretir el asfalto y hacía mella en su pálida piel, que brillaba debido al sudor. Su vestido de algodón estaba empezando a pegársele al cuerpo. Tomó un taxi. Afortunadamente, tenía aire acondicionado así se recostó en el asiento de atrás sintiéndose aliviada.

La radio sonaba a todo volumen mientras que el conductor cantaba alegremente. El tráfico era muy denso, pero el cielo estaba totalmente azul y Victoria recordó que allí se encontraban el Partenón y la Acrópolis, y que ese era el lugar donde la leyenda cuenta que la diosa Atenea creó el olivo.

Fue entonces cuando deseó ser una mera turista

a punto de pasar unas fabulosas vacaciones bajo el sol. Aquello era mucho más alentador que tener que reunirse con su rico ex marido.

A pesar del insufrible tráfico, el taxi llegó por fin a la imponente torre de acero y cristal en la que se encontraba la sede del imperio Christou. Nerviosa, dio más que una buena propina al taxista. Podía sentir cómo empezaban a sudarle las manos cuando, al pasar por unas puertas giratorias, se encontró en medio de un amplio vestíbulo.

El aire acondicionado hizo que se le pusiera la piel de gallina. Una elegante mujer morena, que se encontraba en la recepción, la miró como si acabara de aterrizar desde Marte.

La mujer le dirigió una pregunta en griego y entonces, cuando vio cómo Victoria intentaba a duras penas traducir, volvió a preguntarle otra vez en un perfecto y fluido inglés.

–¿Puedo ayudarla? –le preguntó en un tono que sugería que Victoria podía encontrarse en el sitio equivocado.

–He venido a ver a *kyrios* Christou –dijo Victoria.

–¿*Kyrios* Christou?

–*Ne* –asintió Victoria utilizando una de las palabras que había aprendido en griego y que aún recordaba.

–¿Cuál es su nombre, por favor?

–Victoria –dijo obligándose a dirigirle una sonrisa a aquella desagradable recepcionista–. Victoria Christou.

Victoria se preguntó si era solo su apariencia física después de un largo viaje lo que había hecho que la recepcionista se quedara boquiabierta. ¿O acaso...?

–¿Christou? –repitió la otra mujer atónita.

–Sí –asintió Victoria con entusiasmo disfrutando de aquel inesperado y divertido momento ya que, ciertamente, no esperaba tener muchos durante su estancia allí–. Soy su mujer. Creo que me está esperando. Aunque tampoco le dije a qué hora llegaría. ¡Ya sabes como son los vuelos regulares!

–¿La está esperando? –dijo de nuevo la mujer morena.

De repente, Victoria se puso en alerta ante el hecho de que semejante respuesta no fuera, para nada, profesional. ¿Aquella mujer simplemente tenía un mal día o es que Alexei ahuyentaba a sus visitas utilizando a tan bella criatura?

Al contrario que la morena, ella no llevaba un vestido de lino de firma. De todas formas, no entendía cómo una recepcionista podía permitírselo con su sueldo.

–Quizá podrías avisarle de que estoy aquí –insistió Victoria.

La morena se rio por un momento. Era como si alguien acabara de darle muy buenas noticias.

–Será un placer –dijo tomando el teléfono, pero la sonrisa desapareció de su cara cuando, obviamente, le dieron instrucciones de hacer pasar a Victoria inmediatamente.

Fue durante el trayecto en el ascensor cuando Victoria volvió a ponerse nerviosa. Además, su aspecto no la ayudaba mucho a relajarse. Desgraciadamente, o quizá por suerte, el ascensor estaba cubierto de espejo, lo que le permitió comprobar que el viaje le había pasado factura. Después de todo, quizá la reacción de la recepcionista fuera comprensible. Trató de convencerse a sí misma de que no estaba intentando sorprender a Alexei, pero, aun así, existe cierto orgullo en toda mujer que hace que quiera que su ex marido siga pensando que está impresionante.

Sacó un par de toallitas húmedas de su bolso y fue capaz de limpiar algo de la suciedad de su rostro. Llevaba el pelo recogido, pero se cepilló el flequillo justo cuando el ascensor se detuvo. No había tiempo para pintarse los labios.

Un hombre, que parecía ser el asistente personal de Alexei, estaba allí para darle la bienvenida. Él la guió por una serie de interminables despachos hasta que, por fin, abrió la puerta de uno de ellos. Una tranquila y oscura figura se erguía en pie de espaldas a ella. ¿Era algo premeditado? ¡Por supuesto que lo era!

Se encontraba mirando por la ventana el perfil de la ciudad. A Victoria el corazón le dio un vuelco al ver al hombre al que una vez había amado más que a su propia vida. El hombre con quien había perdido la virginidad. El hombre que le había dicho que la amaba y después le había mostrado que el amor puede romperte el corazón. El hombre con quien se había casado.

Alexei Christou.

A pesar de los enormes ventanales ahumados, la luz del sol aún brillaba sobre su oscuro cabello. A decir verdad, el corte de pelo que llevaba, demasiado largo para su gusto, le hacía parecer un bandolero de aspecto sexy o un potente nadador en vez de un empresario naval. Él era la fantasía sexual de cualquier mujer rica.

Y de cualquier mujer pobre también.

Victoria ser quedó de piedra cuando, despacio,

Alexei giró la cabeza hacia ella. En aquel momento, rezó para que su cara y su cuerpo no registraran otra cosa más que...

¿Qué?

Ese era el problema. ¿Cuáles eran las reglas a seguir en una situación como aquella? ¿Cómo hay que comportarse y reaccionar ante un hombre con el que estuviste casada y no has visto en siete años? Aquel era el hombre que había simbolizado todas sus aspiraciones románticas y sueños. El hombre que poco después llegó a simbolizar sus propios sentimientos de fracaso y arrepentimiento.

Porque Alexei le había dejado cicatrices. Y quizá eso le hiciera ser irreemplazable. Si se les comparaba con Alexei Christou, ningún hombre parecía ser adecuado.

Incluso ahora, él tenía el poder de sumirla en un estado de confusión. Si al menos estuviera segura de sus verdaderos sentimientos hacia él... Porque, realmente, todo sería mucho más fácil si lo odiara. Pero mientras lo miraba desde el otro lado del despacho, supo que no era odio lo que sentía. Nada más lejos. Por el contrario se vio asaltada por una sensación que, definitivamente, no quería experimentar.

¿Era el deseo lo que hacía que el corazón se le acelerase? Se sintió mareada, como si su cuerpo ya no le perteneciera. Era como si estuviera mirando a través de la lupa incorrecta de un telescopio. Su mundo se había visto reducido al ámbito de un rostro. Su rostro.

Y, oh, era imposible no poder embriagarse de aquella belleza cruel y arrogante. La luminosidad de su tez cetrina, su sensual boca y aquellos labios carnosos que habían besado cada parte de su cuerpo hasta transportarla al paraíso una y otra vez...

Pero, más que el recuerdo de todos aquellos placeres, eran sus ojos los que la embelesaban. Oscuros y brillantes, en cierta ocasión la habían mirado con amor. Pero ahora solo la examinaban con desdén.

El ritmo de su corazón seguía aumentando. ¿Cómo no iba a hacerlo? Casi podía sentir cómo, al bombear, se chocaba contra sus costillas. Lo que le sorprendía era que él no pudiera oírlo.

–Alexei –articuló sin que sonido alguno saliera de su garganta. De repente, estaba experimentando dificultades para centrar la atención.

Por un momento se le nubló la vista, pero la recuperó un segundo después. Su mente le estaba jugando una mala pasada. Se encontraba en un lugar en el que le resultaba muy doloroso estar. De hecho, había prometido no volver allí nunca.

Pero, a veces, no hay otra opción. Porque el pasado nos atrae con su fuerza.

Capítulo 3

CUANDO Alexei irrumpió en la vida de Victoria, ella era tan solo una estudiante de hostelería de diecinueve años que sobrevivía gracias a una beca y a los trabajos ocasionales que aceptaba siempre que podía. Mientras que muchas de las chicas de su edad se divertían de fiesta en fiesta, ella se dedicaba a preparar y servir cócteles de marisco.

Ocasionalmente, trabajaba como camarera en eventos que requerían que se recogiera el pelo y llevara un elegante uniforme para ofrecer canapés a gente de muy alto nivel.

La noche en la que conoció a Alexei, Victoria no sabía en honor de quién o qué se celebraba la fiesta. Tampoco sabía quiénes serían los invitados. Se trataba de otro grandioso acontecimiento celebrado en los fastuosos salones de una mansión con vistas a St. James Park. El emplazamiento era muy elegante y, haciéndole justicia, los invitados también lo eran. No podía ser de otra forma. La mayoría de las mujeres lucían increíbles piezas de joyería.

Victoria estaba tan ocupada sirviendo copas de champán y absorta en el murmullo de los asistentes, que no se percató de la presencia de aquel hombre moreno de belleza exótica al otro lado de la habitación.

Alexei se aburría. Se encontraba en la recta final de un viaje alrededor del mundo que su padre le había obsequiado como recompensa por haberse graduado en Harvard. Recientemente, había estado en París, Milán, Madrid, Praga y Berlín. Volver a disfrutar de Europa le había hecho recordar cuánto la había echado de menos y lo ansioso que estaba por volver a casa. A Grecia.

No estaba seguro de cuándo la camarera hizo huella en su subconsciente haciendo que todos los factores determinantes de la química y el deseo sexual se pusieran en marcha. Ella no era particularmente su tipo. Era rubia, y a él le gustaban las mujeres morenas, pero se movía con una gracia exquisita.

La había visto hacerse paso entre la multitud con facilidad y mover la bandeja como si estuviera bailando una danza sin música. Y el hecho de que todos los hombres de la sala quisieran poseerla aumentó su determinación. Quería tenerla. Él, que siempre era capaz de conseguir cualquier mujer que escogiera…

«Ven a mí», le ordenó en silencio. Y, como había pasado muchas otras veces a lo largo de su vida, ella eligió ese preciso instante para obedecer su orden.

¿Acaso aquella mirada tan intencionada había hecho que Victoria se viera hechizada por aquellos ardientes ojos color ébano? ¿O había sido su altura o su aire exótico lo que había hecho que ella detuviera su mirada sobre él un segundo más de lo debido?

Y así fue como Victoria acabó sonrojándose,

estúpida y exageradamente. Como si nunca un hombre la hubiera mirado antes así.

Porque ninguno lo había hecho. Bueno, en realidad, nunca un hombre como aquel y nunca de aquella forma, haciendo que le faltara el aire y el estómago se le encogiera de los nervios.

Pero al girarse deliberadamente, le ofreció a Alexei la reacción que necesitaba.

Verla de espaldas a él con la melena recogida dejando al aire su esbelto cuello era mucho más que tentador. Aquel gesto de rechazo le había resultado tan seductor como la mujer en sí misma. Después, mucho después, meditaría sobre su significado, pero en aquel momento sus hormonas estaban revolucionadas.

Esperó a que ella se acercara a él no simplemente porque fuera su deber, ya que estaba allí para servir a los asistentes, sino porque él la había incitado a hacerlo. Y estaba funcionando. Siempre lo hacía.

Al acercarse, a pesar de sonrojarse, Victoria adoptó una actitud desafiante.

–Al fin –murmuró él.

–¿Un canapé, señor?

Él apartó la bandeja impacientemente.

–¿A qué hora terminas?

–Esa es un pregunta muy impertinente, señor.

–Soy un hombre muy impertinente –respondió dedicándole una sonrisa propia de los dioses griegos protagonistas de miles de mitos y leyendas–. ¿Aceptarás si prometo comportarme como un caballero y dejarte en casa antes del amanecer?

Victoria dudó. Presentía que aquel hombre solo le traería problemas, pero aun así...

–A las nueve –respondió resueltamente.

Se dio media vuelta y se marchó diciéndose a sí misma que, probablemente, no se molestaría en aparecer. Seguramente, se trataba de un juego que empleaba para pasar el tiempo y ver cuántas mujeres accedían a tener una cita con él.

Sin embargo, allí estaba esperándola en la entrada de servicio. Parecía triste, pero al mismo tiempo formal y seductor con aquel abrigo negro con el cuello subido para aplacar el frío viento.

–¿Te apetece comer algo? –preguntó él –. ¿O acaso trabajar con comida te quita el apetito?

Era una observación muy perspicaz, lo que, naturalmente, le hacía aún más atractivo.

–A veces. Pero no tengo hambre –respondió ella.

–Yo tampoco.

Bueno, no de comida. Pero no puede decírsele a una mujer, cuyo nombre ni siquiera conoces, que lo único que te apetecería sería comerla a ella.

Desde el punto de vista de Alexei, aquel romance no contaba con ninguno de los ingredientes necesarios para hacer que funcionara. Ella era inglesa, pobre y no tenía muchos estudios. Por el contrario, era muy guapa. Y aún virgen. Pero aquel sorprendente descubrimiento le resultaba una gran responsabilidad. Asombrosamente, había descubierto que aquello le remordía la conciencia. Se había dado cuenta de que, simplemente, no podría acostarse con ella y abandonarla después. La verdad era que ella no tenía ninguna de las cualidades que buscaba en una pareja. ¡Además, él ni siquiera estaba buscando pareja!

Pero Alexei pasó por alto algo que nunca pensó

que le sucedería. Los sentimientos no se encontraban en su lista de prioridades, así que cuando sucedió, no supo reconocerlo. Trató de negarlo. Hasta que sus negativas sonaron falsas incluso para sus oídos.

Se había enamorado.

El sentimiento más sobrecogedor que había experimentado a lo largo de su vida había sido la pasión. Y quizá porque siempre había sido bastante escéptico acerca de su existencia, le costó más admitirlo. Pero entonces ya era demasiado tarde para luchar contra ello.

Una noche, hundió su rostro en la perfumada melena de Victoria mientras ella se aferraba a él con fuerza. Frustrados, ambos dejaron de besarse en aquel momento.

Alexei sabía que ella le quería tanto como él a ella. Y sabía que tenía que decírselo antes de que ella se anticipase.

–Te quiero, Victoria, *agapi mu*.

A Victoria el corazón le dio un brinco de alegría, pero, aun así, lo miró enfadada.

–No tienes por qué decirme eso solo porque quieras irte a la cama conmigo. Voy a acostarme contigo de todas formas.

–¿De verdad? –murmuró él.

–Sabes que sí.

Inclinó la cabeza y con sus labios empezó, provocativamente, a hacerle a Victoria cosquillas en los labios

–Entonces, quizá te haga esperar.

–¿Esperar? –instantáneamente, Victoria presionó su cuerpo contra el de él dejándose llevar por la urgencia que ambos sentían por comenzar a conocerse sexualmente–. ¿Esperar a qué?

–A que te conviertas en mi esposa –dijo vacilando. Aquella no parecía su voz y Victoria lo miró fijamente con asombro y al mismo tiempo con esperanza.

Después, ella se daría cuenta de que él no le había propuesto matrimonio. En aquel momento estaba demasiado enamorada y emocionada como para darse cuenta, pero él solo había utilizado la palabra esposa posesivamente.

–¿Tu esposa?

Alexei se había dejado llevar por un extraño deseo primitivo al decírselo. Sintió esa necesidad en lo profundo de su ser. Había descubierto la poderosa fuerza del amor y esa novedad le hizo querer disfrutarla al máximo.

–Sí. Debemos hacerlo –dijo simplemente–, ya que estoy seguro de que es muy difícil que dos personas sientan lo que nosotros sentimos el uno por el otro.

Sus padres intentaron evitar el matrimonio, pero él ignoró resueltamente sus palabras. Incluso la madre de Victoria se opuso a la unión. Su viaje a Cornwall para que la madre de Victoria conociera a Alexei terminó en una tremenda discusión entre madre e hija en la que ambas terminaron llorando. Mientras tanto, a Alexei le habían mandado a comprar una botella de champán.

–¡Pero yo le quiero, mamá!

–Lo sé, cariño –dijo su madre–. Y creo que él también te quiere, pero aún es muy pronto. El matrimonio ya es en sí demasiado difícil como para no tener en cuenta que ambos sois muy jóvenes y muy diferentes.

–¿Es porque papá te dejó? –preguntó Victoria

sin darse cuenta de que quizá ese era un factor decisivo en su precipitada decisión.

Sin haber tenido una figura masculina a su alrededor durante la adolescencia, Victoria siempre había visto a los hombres como figuras distantes. Los únicos con los que estaba familiarizada eran los personajes de ficción que había visto en los libros a los que Alexei bien podía compararse.

–Simplemente me gustaría que esperaras –le dijo su madre.

Pero ellos no querían esperar, así que se casaron en secreto sin tener en cuenta a quiénes estaban haciendo daño, a pesar de que, al final, fueron ellos mismos los que salieron malheridos.

Alexei volvió a Atenas con su joven esposa.

Victoria intentó ser generosa. Se dijo a sí misma que la familia Christou no estaban haciéndola sentir incómoda deliberadamente. Pero así era como ella se sentía.

Nadie sabía que Alexei tenía intención de casarse, así que, naturalmente, nadie había previsto un lugar para que ambos vivieran. El pequeño dormitorio de Victoria le parecía todo un lujo si se le comparaba con la posibilidad de mudarse con sus suegros, las dos hermanas menores de Alexei y un montón de empleados. Victoria podía imaginarse la forma en la que todos mirarían a esa chica pálida y rubia que no era capaz de pronunciar ni una sola palabra en griego.

–¿No podemos vivir en nuestra propia casa? –preguntó a Alexei cuidadosamente.

Pero su orgullo no le permitía decirle que su padre se había negado a entregarle parte de su herencia hasta que le demostrara que podía ganarse la vida por sí mismo.

–Apenas me han visto en cuatro años –le dijo entre besos–. Será mejor que nos quedemos con ellos un tiempo. Te sentirás más protegida mientras conoces tu nuevo país.

Su nuevo país. Aquellas palabras no parecían muy alentadoras, además, algunas de las diferencias que existían entre ellos se hicieron aún más evidentes cuando ambos se reunieron con la familia de Alexei.

–Esta es mi familia –dijo Alexei mientras caminaba junto a Victoria por el enorme salón de la casa familiar en el que fueron recibidos–. Estos son mi madre, mi padre y mis dos hermanas.

–*Ka... Kalimera* –tartamudeó Victoria.

–¡*Kalispera!* –corrigió una de las hermanas de Alexei entre risas.

–Es un placer conocerte, Victoria –le dijo la madre fríamente en inglés. Después se dirigió a su hijo en griego.

Alexei frunció el ceño y respondió en el mismo idioma. Así, emprendieron una acalorada discusión. Solo después, en la intimidad de su dormitorio, Victoria tuvo la oportunidad de preguntarle si su madre se había enfadado.

¿Debería Alexei contarle la verdad? ¿Debería decirle que su madre le había acusado de tirar por la borda su juventud y un montón de oportunidades por haberse casado precipitadamente con una mujer a la que apenas conocía y que ni siquiera hablaba su idioma?

Alexei miró a Victoria. Sus bellos ojos azules solo reflejaban preocupación, así que la rodeó con sus brazos. ¿De qué serviría sembrar discordia? Las dos mujeres más importantes de su vida pronto aprenderían a quererse la una a la otra.

–Ven aquí –murmuró–, y déjame que te ame.

Y cuando ella se encontraba entre sus brazos nada más parecía importar.

Pero la luna de miel no podía durar eternamente. Alexei tenía que ir a trabajar con su padre al imponente edificio Christou desde el que controlaban su imperio naval. Sus esfuerzos por demostrar su valía se traducía en horas de trabajo. En cierta forma, le daba cierta satisfacción ser el primero en llegar y el último en marcharse.

Mientras tanto, Victoria intentaba acomodarse. Se buscó un profesor de griego en el centro de la ciudad y se propuso resultar adecuada a los ojos de la madre de Alexei.

Pero no era fácil.

La única cosa que hacía bien de verdad era cocinar y los Christou ya tenían un cocinero.

Los días se le hacían interminables. Con Alexei trabajando tanto era difícil poder hacer nuevos amigos griegos en Atenas, y sabía que su familia política se tomaría mal que contactara con ingleses.

Una noche en la que Alexei llegó de trabajar tarde a casa, le dijo a Victoria que se marchaba a Nueva York. Ella empezó a aplaudir de alegría. Así al menos podrían pasar algún tiempo juntos...

–¡Qué bien! Nunca he estado en América.

El rostro de Alexei ensombreció.

–Voy a acompañar a mi padre, Victoria *mu*. Es un viaje de negocios.

–¿No hay sitio para tu mujer?

–Es un viaje para hombres –le respondió de manera cortante. ¿Acaso no podía entender que aquello formaba parte de su aprendizaje? Pero el ver su cara se ablandó–. Debo estar al lado de mi padre, ¿no crees, *agapi mu*? Ya es mayor y está delicado.

A ella le habría gustado decir: «No me extraña. Está siempre trabajando». Pero también quería ser comprensiva, ser una buena esposa. Si de todas formas iba a irse con su padre a Estados Unidos, ¿no debería al menos despedirle de buen grado?

Tiempo después se preguntaría si aquel viaje no fue planificado con el propósito de separarlos.

Era difícil señalar exactamente cuándo se dio cuenta de que su matrimonio no iba a ninguna parte. Quizá fue cuando Alexei tuvo que prolongar su estancia en Nueva York. O quizá cuando su suegra y sus cuñadas dejaban de hablar en griego y cambiaban de mala gana al inglés siempre que ella aparecía.

A pesar de todos los lujos que tenía a su disposición en la residencia de los Christou, no había nada que ella pudiera hacer excepto ser una buena esposa. Pero su marido estaba ausente. Y ella se sentía perdida, sola y a la deriva sin saber qué hacer.

Cuando Alexei regresó, fue difícil. Como si tuvieran que empezar a conocerse de nuevo y eso, teniendo en cuenta que, desde el principio, ellos no habían llegado a conocerse demasiado. Él parecía haberse distanciado de ella, parecía alguien diferente al amante que había conocido en Londres. Y su distancia hizo que ella se alejara más de él.

Victoria no se sorprendió cuando Alexei le dijo que su padre y él iban a irse a Extremo Oriente. Ni siquiera se disgustó. Era como aceptar un destino inevitable.

Pero también sabía que se volvería loca si permanecía allí esperándole para siempre. Quizá hacer un viaje por su cuenta la ayudara a aclarar sus ideas y buscar una solución. O bien hacer que todo fuese como antes.

–Me gustaría irme a casa una temporada –le dijo a la madre de Alexei una mañana.

–¡Pero esta es tu casa! –exclamó *kyria* Christou frunciendo el ceño–. ¿Y Alexei? ¿Está de acuerdo?

–Pues claro. Absolutamente –exageró. Cuando se lo dijo, a Alexei no pareció hacerle mucha gracia pero, después de todo, ¿qué podía decirle cuando él se encontraba a miles de kilómetros de distancia?

Victoria fue a visitar a su madre, cuyo recibimiento fue poco convencional.

–¿Qué ha sucedido?

–Nada. ¿Por qué debería haber sucedido algo?

–Ninguna recién casada abandona a marido en el primer año de matrimonio a menos que algo vaya mal.

–¡No lo he abandonado! –dijo Victoria pacientemente–. De todas formas, él no está en casa. Está de viaje. «Últimamente, siempre lo está».

Pero resultaba difícil defender una relación que, como ella bien sabía, no estaba basada en unos sólidos pilares. Así que Victoria se fue a casa de Caroline, quien entonces vivía en un diminuto apartamento junto a su bebé, que empezaba a gatear.

–¡No sabes la suerte que tienes! –exclamó Caroline después de que Victoria intentara convencerla de que ser la mujer de un multimillonario no era tan maravilloso como parecía–. ¡Cuidado! ¡Estás a punto de sentarte encima del puré de manzana!

–No hay sitio para mí aquí –dijo Victoria recogiéndolo con un trozo de papel de cocina. Echando un vistazo a su alrededor, vio que la ropita del bebé estaba colgada en los radiadores. Por eso aquello parecía una sauna. Agarró a Thomas en brazos y suspiró–. Pero es que tampoco quiero volver a casa de mi madre. Me saca de quicio.

–¿Por qué no vuelves a casa?

Pero, ¿dónde se encontraba su hogar?

–Porque Alexei no está y su madre me odia. No soy lo suficientemente buena para su querido hijo.

–¿Y qué mujer lo es? –preguntó Caroline irónicamente–. ¿Por qué no te quedas en casa de mi primo? Él tiene un montón de espacio.

Jonathan Collet tenía un montón de habitaciones vacías en su lujoso apartamento de la zona portuaria londinense. Jonathan tenía un futuro prometedor en la City, el centro financiero de Londres, y estaba encantado de tener, temporalmente, un compañero de piso.

–Naturalmente, tú te encargas de cocinar.

–¡Por supuesto!

Jonathan era encantador y hacía buena compañía, pero, además, Victoria sabía que la mayoría de las mujeres lo encontraban tremendamente atractivo. Pero ella no era la mayoría de las mujeres. Victoria estaba enamorada de otro hombre y, además, estaba casada con él. Y quizá esa no era la forma en que una esposa debería comportarse por muy infeliz y sola que pudiera sentirse.

Pronto Victoria se dio cuenta de que hacía más de una semana que había hablado por última vez con su marido. Y en el fondo, sabía que no podían continuar así.

Intentó ponerse en contacto con él, pero cuando llamaba a casa de los Christou no obtenía respuesta. ¿Debería dejar un mensaje? ¿Qué le diría?

Estaba preocupada. Sabía que tenía que retomar el control de su vida. Si había problemas, ambos tendrían que afrontarlos, pero, ciertamente, no seguir ignorándolos.

Empleó su energía en preparar una magnífica cena. Al llegar a casa y verla, Jonathan esbozó una enorme sonrisa mientras se desabotonaba el cuello de la camisa.

–¡Vaya! ¿Qué hecho yo para merecer esto?

–Ser un fantástico casero –le dijo Victoria ofreciéndole una copa de champán.

–Esto me suena a despedida –comentó él.

–Así es –dijo Victoria sin que le pasara desapercibida la decepción que reflejaban los ojos de Jonathan. Ese sería otro problema que se solucionaría con su partida.

El ambiente se estaba volviendo demasiado hogareño. Y tal vez lo facilitaba el hecho de que ella estuviera locamente enamorada de otro hombre. Una sincera amistad hace que una mujer se relaje por completo ante un hombre, y eso la hace más atractiva a ese hombre.

¿Por qué era la vida tan complicada?

El guiso estaba delicioso y ambos se bebieron la mayor parte del vino, pero cuando Jonathan puso un disco de Frank Sinatra, Victoria bostezó y supo que se quedaría dormida si se descuidaba.

Se dio una ducha y después se dispuso a preparar café envuelta en un quimono de seda mientras el pelo se le secaba al aire. Fue entonces cuando alguien llamó a la puerta.

Jonathan frunció el ceño.

–¿Quién demonios será?

–Ni idea –dijo Victoria poniéndose en pie–. No te molestes. Abriré yo.

Pero cuando abrió la puerta le pareció estar viendo un fantasma. Se quedó helada. ¿Cuánto tiempo hacía que no veía a su marido así? Aquel musculoso cuerpo y esos ojos azabache que la miraban...

Con frialdad y repulsión.

–¡Alexei! –suspiró ella.

–¿Quién es, cielo? –gritó Jonathan.

Alexei alzó su fría mirada por encima de su hombro hasta donde Jonathan yacía despatarrado en el suelo.

Victoria siguió la dirección de sus ojos y vio lo que aquello podía parecerle a Alexei. El champán, la camisa desabrochada de Jonathan, la bata de seda...

Cuando se giró para volver a mirarlo, el pelo húmedo le cayó sobre el pecho.

–Sé lo que estás pensando –dijo ella desesperadamente.

–¡Maldita zorra!

Aquel no era el momento para hacer presentaciones.

–No podemos hablar aquí –susurró señalando hacia el pasillo–. Ven a mi dormitorio.

Pero, obviamente, la elección de la palabra dormitorio no había sido muy afortunada puesto que su expresión se ensombreció mientras Alexei cruzaba el salón tras ella.

Alexei dio un portazo cuando ambos se encontraron en el dormitorio. De repente, se dio cuenta de que le estaban temblando las manos.

–¿Cómo has podido? –acusó a Victoria severamente.

–Alexei, puedo explicártelo.

–¿Cómo has podido acostarte con otro hombre? –preguntó con voz crispada mientras contemplaba la superficie de la cama en la que imaginaba el bello cuerpo desnudo de su mujer acoplado al de otro hombre.

–¡No me he acostado con él! –protestó ella.

Alexei hizo una mueca al sentir como si le hubieran clavado un puñal en el corazón.

–¿Has practicado todo tipo de sexo sin penetración? –le preguntó con crueldad–. ¿Consiguió hacerte llegar al orgasmo con su lengua como yo lo hago?

–¡Baja la voz! –dijo ella furiosamente, pero fueron interrumpidos por un fuerte golpe en la puerta.

–¡Victoria! –gritó Jonathan–. ¿Estás bien?

Escuchar la voz de aquel hombre fue como prender la mecha de la ira de Alexei. Así que abrió la puerta y miró con desdén al hombre que parecía su propia antítesis... aunque, después de todo, quizá era eso lo que ella quería: un educado y paliducho inglés.

–¿Y qué es lo que vas a hacer tú si no lo está? –le preguntó a Jonathan osadamente.

«Jonathan, por favor, no digas nada», suplicó Victoria en silencio. Pero veía cómo le estaba plantando cara a su marido con la misma eficacia de un ratón enfrentándose a un león.

–¡Yo la protegeré! –prometió él.

–Eso es digno de elogio –respondió Alexei con desdén–. Pero guárdate tu orgullo, amigo mío, ya que puedo machacarte bajo la suela de mi zapato si así lo deseo –sus palabras estaban llenas de veneno y desdén–. Quédatela. Toda ella es ahora tuya.

Y entonces fue cuando el negro hielo de su mirada la atravesó. Y pronunció aquellas palabras que había recordado hasta el día de hoy.

–No eres más que una mujerzuela, una prostituta barata. Maldigo el día en que me casé contigo.

Y ahora, siete años después, la expresión de su rostro era semejante.

La boca de Alexei esbozó un gesto de puro desprecio.

–¡Pero si es Victoria! ¡La pequeña e irresistible máquina sexual! –murmuró sarcásticamente–. ¿Pero qué...? ¿Qué es lo que te ha pasado, Victoria? ¡Estás espantosa!

Capítulo 4

APENAS pudo registrar el crítico comentario de Alexei ya que solo el hecho de estar en la misma habitación que él hacía que Victoria se sintiera como si alguien la hubiera golpeado en el estómago.

Aquella noche en el apartamento de Jonathan, antes de desaparecer para siempre de su vida, él se había negado a escuchar sus explicaciones. Jamás había querido hacerlo. Las cartas desesperadas que le había enviado le habían sido devueltas sin abrir y, además, había utilizado tácticas evasivas para frustrar sus intentos de hablar con él. El orgullo la había llevado a no suplicar su perdón, ya que sabía que no había hecho nada malo y podía tener la conciencia tranquila. Aun así, cuando trataba de ponerse en el lugar de Alexei e imaginar la escena que había presenciado aquella noche, reconocía que era lógico que su arrogante marido, siempre tan machista, hubiera sentido celos. Pero ella amaba a Alexei en cuerpo y alma. Solo a Alexei. Y necesitaba decírselo.

Pero era más fácil decirlo que hacerlo. Sus llamadas eran registradas con frialdad por distintos empleados de Alexei, pero él nunca las contestaba. Había sido excluida de su vida eficazmente. Ni siquiera sabía si le habían dado los mensajes, pero, incluso aunque lo no hubieran hecho, él no había hecho el menor intento de contactar con ella. Así que, realmente, parecía que no tenía ningún deseo de hacerlo.

Finalmente, aunque consternada, Victoria captó el mensaje. Su matrimonio se había acabado. De hecho, nunca debía haberse celebrado.

De eso hacía ya siete años, por lo que ahora ya debía de haberlo superado. ¿Por qué entonces parecía estar ahora en mitad de un torbellino de emociones? ¿Qué era lo que sentía? Ira, añoranza, tristeza... ¿Acaso no habían servido de nada todos sus esfuerzos para tratar de olvidarlo? ¿Por qué otra cosa si no estaba entonces luchando por evitar temblar ante aquella cruel mirada suya?

–Sí, espantosa –repitió él mientras su mirada recorría su cuerpo haciendo una brutal valoración–. Quizá por eso te resulte ahora más difícil engatusar a hombres ricos, ¿no, Victoria?

–¿De qué demonios estás hablando? –susurró ella agitando la cabeza intentando aclarar sus ideas y poder así pensar en otra cosa que no fuera el temblor que sentía ante aquel musculoso cuerpo.

Alexei esbozó una cruel sonrisa. De repente, se sentía inmensamente satisfecho por haberle hecho ir hasta allí. Poderla ver frente a él de esa manera y examinar su porte le confirmaban lo que debería haber sabido entonces.

Que ella no era la mujer adecuada para ser la esposa de un Christou.

Aquellos brillantes ojos negros la miraban con reprobación.

–¿Acaso ya no cuidas de tu aspecto?

Aquel comentario fue un golpe bajo. De repente, los ojos de Victoria se fijaron en un espejo que reflejaba el paisaje ateniense. La vista era entonces mucho más desoladora que la imagen que había visto en el pequeño espejo del ascensor.

Su barato vestido de tirantes de algodón estaba impecable cuando se lo había puesto en Inglaterra a las cinco de la mañana, pero el viaje hasta el aeropuerto, los retrasos y demás lo hacía ahora parecer un arrugado paño de cocina. Con el tremendo madrugón que se había dado para ir al aeropuerto, no había tenido tiempo para maquillarse. De hecho, no había tenido tiempo para nada excepto para lavarse la cara y recogerse el pelo en una coleta.

Sin embargo, Victoria echó los hombros hacia atrás y con actitud desafiante le devolvió la mirada. Alexei era un hombre poderoso acostumbrado a tener siempre la última palabra. Sabía que, si no superaba el primer obstáculo, no conseguiría nada.

–Impresionarte no es uno de los puntos prioritarios de mi agenda.

Él se rio.

–Y que lo digas –asintió, de modo insultante.

Victoria lo miró fijamente deseando poder decir lo mismo sobre él, pero, sinceramente, no podía.

Después de siete años, Alexei se había convertido en el hombre que, cuando tan solo tenía veinte años, ya prometía ser. Ya entonces hacía que la gente girara la cabeza ante semejante belleza. Sin embargo, actualmente no había rastro del chico que había dejado atrás.

Ahora, cualquier rastro de aquella dulzura no era nada más que un vago recuerdo. Hoy era, innegablemente, todo un hombre. Pero todo tenía un precio. Ciertamente, su musculoso cuerpo parecía más fuerte que nunca. Y sus labios no habían perdido ni un ápice de su sensualidad. Pero su expresión ahora era más dura y cínica, y eso le hacía parecer cruel. Lo mismo sucedía con aquellos ojos negros ahora fríos como el hielo... Ahora parecía una persona totalmente inaccesible.

Victoria llevaba en pie desde el amanecer. Estaba cansada, pegajosa y hambrienta. Iba a costarle mucho trabajo, pero no iba a dejar que la intimidara.

–Podríamos haber resuelto todo esto a través de cartas –dijo furiosa–. Eres tú quien me ha obligado a venir aquí, así que no empieces ahora a quejarte por ello.

–Y, aun así, accediste –susurró suavemente –. ¿Cómo es que has venido si la idea te parecía tan repugnante?

–¿Qué otra opción tenía, Alexei? –preguntó ella–. Parece ser que te resulta muy difícil concederme un divorcio rápido sin tener que armar un escándalo. Pues bien, yo no quiero escándalos. Por eso estoy aquí.

–¡Vaya! Así que es el tiempo lo que te preocupa. Un divorcio rápido. ¿Es eso lo que buscas, Victoria? Me preguntó por qué –y mientras pensaba en ello recorrió con el pulgar su sensual y carnoso labio inferior.

Victoria se preguntó si estaba haciendo aquello a propósito. ¿Habría descubierto a lo largo de los años que una mujer podía quedarse sin habla con tan solo contemplar la perfección de sus labios? ¿Era consciente de que si, además, esa mujer había sido su amante le sería imposible poder concentrarse en otra cosa que no fueran esos labios y lo que podrían hacerla sentir si empezaban a recorrer los lugares más íntimos de su cuerpo?

«Basta», se dijo a sí misma. «Concéntrate en lo que te ha traído aquí. No en él».

–¿Acaso hay otro hombre? –continuó Alexei con los ojos llenos de desprecio–. ¿Hay por ahí algún pobre imbécil con quien planeas casarte? Quizá podría advertirle sobre lo falsa que es su futura esposa. Aunque al menos yo te tomé cuando aún merecías la pena –su sonrisa se endureció al lanzarle otra mirada–. ¿O acaso llevas el hijo de otro hombre en tu seno?

Aquella cruel reprimenda era todo lo que podía soportar además del cansancio y la mezcla de emociones que la azotaban. Victoria sintió que algo se rompía en su interior. Todas las promesas que había hecho acerca de mantenerse firme y no dejarse llevar por la ira frente a él fueron en vano. Corrió hacia él con los puños en alto.

–¡No, no estoy embarazada! –explotó–. ¡Y no soy falsa!

–¿Quieres pelear conmigo? –murmuró él sosteniéndole los puños en un gesto burlón. Sin embargo, no podía negar sentirse aliviado al saber que no estaba esperando el hijo de otro hombre–. Entonces ven y pelea conmigo, *agapi*.

–Me gustaría poder borrar esa arrogante sonrisa de tu cara.

Atacó a tientas, pero ya era demasiado tarde cuando se dio cuenta de lo peligrosamente cerca que se encontraba de él. De hecho, esa proximidad la estaba haciendo reaccionar instintivamente.

Soltando una carcajada de triunfo, Alexei le atrapó las muñecas con sus manos. Sin hacer apenas esfuerzo, consiguió atraerla hacia sí, haciendo que el calor la hiciera derretirse. Victoria había palidecido y los labios habían empezado a temblarle.

–¿Por qué, Victoria? –murmuró frunciendo el ceño. Le sorprendía saber lo que era tenerla en sus brazos otra vez. Era como si estuviera hecha para ellos. Alexei vio cómo los magníficos ojos azules de Victoria lo miraban. Eran tan azules y profundos como el mar Egeo. Entonces, Alexei sintió que algo se tensaba en su entrepierna. Si aún se preguntaba si todavía la quería, la respuesta era sí. Sí, sí y un millón de veces sí.

–¡Déjame!

Alexei se preguntó si Victoria era consciente de que su cuerpo estaba contradiciendo sus palabras. Sus pezones se habían excitado y se transparentaban a través del fino tejido de su vestido como si un pintor los hubiera delineado con un pincel. Se preguntó si se habría excitado. Si él había hecho que estuviera húmeda. ¿Debería introducir la mano entre sus piernas y descubrirlo por sí mismo?

–Pero si no quieres que te deje ir –le susurró suavemente.

Victoria abrió la boca para hablar, pero no le salieron las palabras. Intentó levantar las manos para librarse de él, pero le parecieron tan pesadas e inertes como si estuvieran hechas de plomo.

¿Cómo podía ser el contacto de dos cuerpos tan devastador? A Victoria le pareció que le estaba ardiendo la sangre. Sintió cómo el calor empezaba a apoderarse de su cuerpo y sintió cómo empezaba a rendirse. Parecía no poder evitarlo. Era como si sus reacciones estuvieran más allá de su control. Su cuerpo estaba reaccionando ante él como siempre lo había hecho en el pasado. No sabía si era por hábito o instinto. Simplemente no había tenido tiempo para analizarlo. Eso era todo. El incremento de la presión sanguínea, el cosquilleo que le recorría la piel y la excitación de los pezones simplemente habían sucedido de forma automática.

Alexei también sintió cómo su erección crecía. De hecho, estaba tan excitado, que sentía que podía estallar allí mismo. Tenía intención de demostrarle su determinación, mostrarle que, aún teniéndola junto a él, era capaz de resistirse a sus encantos. Y quería también mostrárselo a sí mismo, pero, sin embargo...

–¡Oh, Dios! –gimió sin poder evitarlo. Alexei sentía que se estaba debilitando y, con un gruñido, llevo sus labios hacia los de ella y la besó con pasión.

Debería haberle repugnado, y en cierta forma lo hizo, porque aquello no se parecía nada a los dulces besos de su noviazgo. Aquel beso fue duro y deliberadamente provocativo. Una demostración de poder, no de afecto. Era un beso para despertar el deseo, no para expresar emoción. Era el beso de un experto maestro. Cuando los labios de Victoria se abrieron bajo los suyos, Alexei dejó escapar un pequeño gemido de triunfo.

Ella se permitió un breve instante de intimidad mientras sus lenguas se entrelazaban como si fueran unos viejos amigos que no se habían visto en mucho tiempo. Era todo un placer para los sentidos y Victoria le rodeó del cuello con sus brazos casi sin darse cuenta de que lo había hecho. Todo le resultaba tan familiar: su olor, el tacto de su cuerpo, el sabor de sus labios...

«Y lo quieres. Aún lo quieres... Después de todo este tiempo solo basta un roce suyo para hacerte gemir de placer. Te mueres por sentir su fuerte y viril cuerpo dentro del tuyo, el fuerte y marcado ritmo con el que te lleva hasta ese lugar en lo que todo, excepto el placer, carece de importancia».

Durante un momento, Victoria se permitió el capricho de imaginárselo quitándole las medias o, como era más probable, arrancándoselas impacientemente y dejándolas caer a un lado mientras la tumbaba en la mesa de su despacho antes de sentársela a horcajadas y penetrarla con fuerza.

Pero aquella imagen, a pesar de que la excitaba enormemente, le horrorizaba. Así que abrió los ojos y vio su mirada fría y calculadora. Era la mirada de un jugador de ajedrez planificando la estrategia de su próximo movimiento. Y el hecho de que él ni siquiera hubiera cerrado los ojos en el momento de besarla fue más que suficiente para romper el hechizo.

De alguna manera Victoria encontró la fuerza necesaria para separarse de él y permanecer allí mirándolo con fuerza a pesar de que tenía la garganta seca y respiraba con dificultad.

–¿Abandonas antes de que empiece lo realmente divertido? –preguntó.

–¿De qué diablos va todo esto? –le preguntó ella con la voz quebrada.

–¿De verdad necesitas preguntármelo? –arqueó una ceja con arrogancia–. ¿No te resulta sorprendente que, a pesar de que el respeto y el afecto hayan desaparecido entre dos personas, el deseo siga existiendo?

A pesar de que le temblaba todo el cuerpo y las piernas apenas la sostenían, Victoria fue capaz de llegar al otro extremo del despacho. Sabía que tenía las mejillas encendidas y eso se debía a lo enfadada que estaba consigo misma. ¿Por qué no le había parado los pies? ¿Por qué no había cerrado la boca? ¿Por qué no le había empujado o abofeteado? Debería haber hecho cualquier otra cosa en lugar de derretirse ante él y prácticamente abrirse de piernas y rogarle que le hiciera el amor.

–No puedo creer que lo hayas hecho –dijo Victoria en voz baja.

Su mirada se posó sobre ella ante aquel reconocimiento.

–Parece ser entonces que tu conocimiento del sexo opuesto es bastante limitado –dijo él suavemente.

–Y no puedo creer que te haya permitido...

–Entonces el conocimiento que tienes de ti misma debe ser igual de deficiente, Victoria, *mu*, ya que ambos sabemos lo maravillosamente sencillo que resulta hacer que te excites.

–Ni siquiera me gustas –admitió rotundamente. Se giró hacia él para hacerle frente. A pesar de todo, ¿no había una parte de ella que esperaba que él lo negara todo y le dijera que nunca había dejado de amarla y que siempre lo haría? O aunque no fuera capaz de decir eso, quizá pudiera decir una de esas frases que siempre utilizaban en las telenovelas acerca de lo mucho que siempre la respetaría porque, simplemente, había sido su mujer.

Pero, naturalmente, él no lo hizo.

–Para nosotros los hombres no es necesario que una mujer nos guste para querer tener sexo con ella. Seguro que lo sabías, Victoria. Simplemente tenemos que estar con una mujer que...

Terminó la frase en griego, pero no hacía falta ser una experta en lingüística para saber que era un comentario machista y rudo.

–¡Qué bien lo expresas! –observó sarcásticamente a pesar de que sus palabras la herían. Seguramente, esa había sido la intención de Alexei.

–Sabes que no soy muy diplomático. Después de todo, aún eres mi mujer y mientras lo sigas siendo tengo ciertos derechos.

–¿Derechos? –Victoria lo miró fijamente–. ¿A qué derechos te refieres?

Se apoyó contra su escritorio con las piernas estiradas frente a él.

–Oh, no te hagas la ingenua conmigo, Victoria. No cuando ambos sabemos la fama que te persigue.

–¡Eso no es cierto! –protestó, herida.

–¿Y el hombre con el que te encontré a solas y semidesnuda? ¿Acaso fue producto de mi imaginación?

Incluso en ese momento, recordar aquella noche era como si le clavaran un puñal en las entrañas.

–¡No fue como supones! Yo no hice nada malo. Entonces estaba casada contigo. ¡Era tu mujer!

Victoria sabía que su voz tenía cierto tono de súplica, pero, aun así, la mirada de Alexei era implacable.

–¿Y pretendes que me lo crea? ¿Tú, que siempre has sido tan ardiente y dispuesta para el sexo?

Recuerdo que siempre estabas deseando meterte en la cama conmigo. Así que, ¿por qué debería pensar que podría ser diferente con otros hombres?

Alexei se dio cuenta de que la huella que le había dejado su traición seguía siendo profunda y dolorosa. ¿Por qué si no, después de tantos años y tantas mujeres, seguía sintiendo la misma rabia? ¿Explicaba aquello su deseo de someterla a su voluntad? ¿Quería acaso castigarla de alguna forma? ¿Herirla con sus palabras de la misma forma que ella le había herido con su cuerpo?

Alexei mantuvo una expresión seria mientras, deliberadamente, contemplaba la boca de Victoria.

–Sin embargo, tienes razón en una cosa. Eras mi mujer y, de momento, todavía lo eres. Y ambos sabemos a qué tipo de derechos me estoy refiriendo. ¿Qué te parece si lo hacemos aquí... y ahora aunque sea nuestra última vez? –le dijo insinuantemente mientras deslizaba la lengua alrededor de sus labios.

–¡Eres un canalla! –le acusó a pesar de que se había quedado hipnotizada por el movimiento de sus labios–. ¡Un salvaje! Los hombres no van haciendo esos comentarios en el mundo civilizado.

–Quizá sea demasiado sincero. Sé que quizá esa no sea una de tus virtudes, pero yo soy una persona sincera. ¿A quién le importa ser civilizado, *agapi mu*? Que me comporte como un verdadero hombre siempre te ha excitado. Y aún lo hace. Me deseas tanto como yo a ti. Te has excitado, Victoria. Y lo sabes.

–¡Cállate!

Alexei contempló cómo Victoria se pasaba la mano por el flequillo. Aquel era un gesto que reconocía a la perfección. Estaba enfadada, oh sí, pero él tenía razón. También estaba frustrada. Se encontraba al borde del precipicio del deseo. Un solo roce y...

Siguió observándola. Su cabello ya no era tan rubio platino como cuando vivía bajo el sol de Grecia, pero la melena aún le llegaba casi a la cintura. ¡Cómo le había gustado rodear con sus manos aquella estrecha cintura y después acariciar su vientre hasta detenerse entre sus piernas! Recordó cómo entonces ella se retorcía de placer y cómo había perfeccionado con ella el arte de llegar al orgasmo discretamente. Cómo le había enseñado todo lo que él sabía sobre el sexo.

Y recordó también lo emocionante que les resultaba a veces cuando, sentados en algún lugar semipúblico, Alexei deslizaba la mano por debajo de su falda hasta que Victoria, mordiéndose los labios apoyada contra sus hombros, se retorcía de placer bajo sus expertos dedos.

Victoria se sonrojó.

–¡Deja de mirarme de esa forma!

–¿De qué forma, Victoria?

–¡Ya sabes de qué forma! –dijo tratando de evitar que le temblara la voz. No estaba segura de si aquella agitación se debía al deseo o a la indignación–. Es ofensiva, voraz. ¡No me gusta!

–Mentirosa –susurró él.

Victoria sabía que tenía que poner fin a aquello antes de que fuera demasiado tarde.

–No voy a discutir contigo –le dijo con total tranquilidad–. He venido aquí para hablar del divorcio tal y como tú me pediste. Ha sido un viaje que podía felizmente haber evitado y me gustaría acabar con todo esto lo más rápidamente posible –lo miró fijamente–. Así que, ¿podemos entrar en materia?

–Me temo que ahora no –dijo mirando su reloj–. Tengo una reunión.

¿Era aquella otra muestra de su poder? Alexei sabía que Victoria llegaba ese día, pero, naturalmente, ella no podía forzarlo a hablar con ella. Así que, obviamente, se trataba de una lucha de poder. Ella estaba en su territorio, un lugar en el que él podía usar todas sus armas. Así que, aunque se comportase como un bárbaro, más le valdría hablarle respetuosamente.

–Muy bien. ¿Cuándo podemos vernos entonces?

–¿Te recojo para cenar?

–Una cena no era precisamente lo que tenía en mente.

–¡Mala suerte! Tienes que cenar y yo también.

–Ya que me lo pides tan amablemente… –dijo Victoria entre dientes esbozando una sonrisa irónica–, cenar contigo será maravilloso.

El sarcasmo era algo que no formaba parte de la vida de Alexei, así que aquella respuesta le irritó sobremanera. ¿Tenía idea de lo que las mujeres eran capaces de hacer por conseguir que él las invitara a cenar? El enfado se le pasó mientras contemplaba la forma en que aquel vestido de algodón ceñía sus nalgas. Entonces se preguntó si aún seguiría llevando aquellas braguitas de encaje...

–¿Dónde te alojas?

¿Cómo se llamaba el sitio? Consciente del escrutinio al que la estaba sometiendo su mirada, Victoria fue capaz de sacar de su bolso una hoja de papel en el que aparecía impreso el nombre del hotel.

–Aquí... No estoy segura de cómo se pronuncia.

Alexei agarró el papel y frunció el ceño al leerlo.

–¿Quién ha reservado esto? –le preguntó.

–Yo, naturalmente. No tengo sirvientes que me hagan las cosas. Hice la reserva en Internet.

–¿En Internet? –repitió asombrado.

–Sí, Alexei. En Internet.

–Bueno, pues no vas a alojarte aquí.

–¡Oh, sí!

–No, Victoria. No vas a hacerlo –respondió Alexei mirándola con ojos despiadados–. ¿Sabes algo acerca de esa zona?

–En mi otra vida fui guía en Atenas, ¿sabes? –le contestó satisfecha de ver cómo su enfado iba en aumento–. No, no sé nada de ella. ¿Cuál es el problema?

–¿Que cuál es el problema? ¡Todo! Es una zona peligrosa. Además, está al otro lado de la ciudad. Es una zona por la que nunca paso y no tengo intención de hacerlo. No permitiré que mi mujer se hospede allí.

–¿No debería ser yo quien tomara esa decisión? Puedo hacer exactamente lo que me dé la gana y donde me dé la gana.

–Normalmente sí –asintió de mala gana–, pero en cualquier otra ciudad o país del mundo. No en mi ciudad. ¿Puedes imaginarte lo que dirían los periódicos si descubren que una Christou se ha alojado en semejante tugurio?

–Así que se trata de eso. Todo es cuestión de imagen.

–No, Victoria, no se trata de mi imagen. Se trata honrar al apellido. El que por cierto, y hasta que se firmen los papeles, también sigue siendo tu apellido.

Victoria había olvidado lo autoritario que Alexei podía ser. A los diecinueve años y completamente enamorada de él aquello le parecía algo que podría sobrellevar, pero ahora, siete años después, Victoria encontraba aquella actitud intolerable.

–¡No puedes impedírmelo!

–No, tienes razón –le dijo con voz suave–, pero puedo ser muy duro si decides desafiarme, Victoria. Si no accedes a alojarte en un lugar que yo apruebe y, además, se corresponda con la categoría que mereces al ser mi mujer, puedes ir deshaciéndote de la idea de llegar a un acuerdo –se encogió de hombros–. Tú eliges.

Ella lo miró fijamente.

–¿Qué clase de opción es esa? ¡Eso es chantaje!

–Yo prefiero verlo como una dura negociación o preocupación por tu bienestar.

¡Menuda preocupación! Probablemente la habría arrojado a los lobos si hubiera tenido la opción. Victoria lo miró, estaba entre la espada y la pared. Pero eso no era nada nuevo. Después de haberse casado y dejarla sola en un país extraño rodeada por la hostilidad de su familia, ¿acaso no se había sentido igual? Las circunstancias podían haber cambiado, pero la sensación era la misma. Aquel hombre había tomado las riendas de su vida.

–¿No te has olvidado de algo? Yo no puedo permitirme hoteles de cinco estrellas.

Ese era el tipo de negociaciones que a él le gustaban. Ella no estaba en posición de poder luchar contra él sobre eso. Alexei lo sabía, y ella también.

–Tú no, pero yo sí. Será un regalo. Y tú lo aceptarás.

–Siempre he oído que hay que tener cuidado con los griegos que hacen regalos...

Su sonrisa fue instintiva, pero después se enfadó, puesto que aquello había mostrado un signo de su debilidad. No le permitiría utilizar el sentido del humor para debilitarlo.

–Haré que mi asistente te reserve una habitación en el Astronome. Iré a buscarte a las ocho –lanzó una mirada desdeñosa hacia su deplorable bolso–. Ah, y será mejor que llames al servicio de habitaciones para que te planchen tus galas –sugirió sarcásticamente.

Capítulo 5

MIENTRAS deshacía la maleta en aquella habitación de hotel tan grande como un hangar, Victoria aún seguía furiosa. No podía soportar pensar cuánto dinero costaba hospedarse en un sitio como ese. No le importaba que Alexei pudiera permitirse comprar el hotel entero si así lo quería. Lo que realmente le importaba era seguir dependiendo de él. Y no quería hacerlo.

¿Cómo se atrevía a echar por tierra todo lo que ella era y todo aquello con lo que se identificaba? ¿Por qué osaba a mirarla de esa manera solo porque no quisiera gastarse el salario de un año entero en la habitación de un hotel? Al menos, ella trabajaba para ganarse la vida. Todo lo que tenía lo había conseguido con su esfuerzo. Ella no había tenido la suerte de nacer en el seno de una familia rica.

Pero no merecía la pena enfadarse. Alexei ni siquiera se encontraba allí y, había que reconocerlo, ella le había permitido que le reservara la habitación sin oponer demasiada resistencia. ¿Acaso sería por el poder seductor que desprendía el lujo? Mirando a su alrededor, Victoria se deleitó contemplando el tipo de sitio que la familia Christou solía frecuentar. «Por supuesto que lo era».

El hotel Astronome tenía una vista perfecta de

la famosa Acrópolis. A Victoria le parecía que aquel paisaje era digno de una postal. En el interior de la habitación, había dispuestos un montón de centros de flores y cestas de frutas. También había bombones y botellas de champán en la nevera. Victoria no creía que pudiera haber nada más lujoso, pero entonces fue cuando descubrió una televisión de pantalla plana tan grande como una pantalla de cine y un jacuzzi en la terraza con vistas a la ciudad.

Y allí, en contraste con todo lo que la rodeaba, se encontraban extendidas contra la cama todas las prendas que formaban su pequeño equipaje.

Victoria llamó al servicio de lavandería para que le plancharan la ropa. Una vez hubo terminado de ducharse, le subieron la ropa a la habitación. Ahora ya tenía mucho mejor aspecto.

Aunque tampoco mucho.

De todas formas, ella no tenía intención de aparentar algo que no era. Ella era una mujer trabajadora y autosuficiente y debía estar orgullosa de ello. «Así que demuéstraselo, Victoria».

Se dejó el pelo suelto, aunque decidió ponerse dos horquillas azules a juego con su atuendo para retirarse los mechones de pelo que le caían sobre la cara. Sus pendientes podían ser de plástico, pero eran exactamente del mismo color que su vestido, como también lo eran las pulseras que lucía en la muñeca.

Victoria se giró frente al espejo. No estaba mal. Nada mal. Quizá el vestido fuera demasiado corto y dejara gran parte de sus piernas al descubierto, pero, ¿a quién le importaba?

Con actitud desafiante, se aplicó otra capa de

máscara de pestañas medio sabiendo, aunque sin importarle, lo que Alexei pensaría de su apariencia. No era asunto suyo lo que ella luciera. A pesar de lo corta que era su falda, estaba claro que se la había puesto por el tremendo calor que hacía en un lugar como aquel. No porque pretendiera agradar al que pronto sería su ex marido.

Pero su determinación empezó a disminuir mientras se dirigía hacía el restaurante de la azotea del hotel donde había quedado con Alexei. Sabía que su atuendo contrastaba con las elegantes prendas y joyas del resto de las mujeres. Y eso hizo que se sintiera fuera de lugar.

«Bueno, para empezar, mantén la cabeza bien alta. Recuerda que, una vez en el pasado, tú también formaste parte de este mundo. Sin embargo, elegiste rechazarlo. O más bien te rechazaron a ti».

Victoria giró la cabeza como si supiera exactamente dónde estaría sentado Alexei. Era como, si en lo referente a él, tuviera una especie de sexto sentido. Y, sí, allí estaba él, sentado en la mejor mesa con la magnífica luz del atardecer y el profundo mar azul como telón de fondo.

Al verlo, Victoria sintió cómo el pulso se le aceleraba y la respiración se le entrecortaba. Sabía que todo aquello eran meras manifestaciones de deseo físico sobre las que ella no tenía ningún poder. Lo único que podía hacer era ignorarlas. Pero, ¿cómo podría hacerlo viendo lo sensacional que estaba Alexei con aquel traje de noche?

Pero, a juzgar por el grupo de admiradoras que lo observaban en las mesas que había a su alrededor, Victoria parecía no ser la única en admirar sus encantos.

El negro le sentaba bien. Aquel color acentuaba la anchura de sus hombros y la fortaleza de su cuerpo.

Consciente de las miradas de envidia que le lanzaban a su paso, Victoria siguió al camarero hasta la mesa de Alexei. Cuando estuvo frente a él, Victoria deseó poder quitarse de encima la horrible sensación que tenía. Se sentía como una especie de concubina requerida por su señor.

–Hola, Alexei –le dijo con frialdad intentado enmascarar el efecto que su presencia estaba teniendo sobre ella–. ¿Llevas esperando mucho tiempo?

Él se puso en pie mientras los camareros revoloteaban alrededor de ella hasta que por fin tomo asiento. Entonces, Alexei volvió a su sitio, justo enfrente de ella.

–Veinte minutos exactamente, porque ese es el tiempo que te has retrasado. ¿Acaso te produce placer dejarme aquí plantado esperándote?

–Ni siquiera me había dado cuenta –y no era mentira. Había estado tan ocupada en vestirse lo mejor posible, que el tiempo se le había pasado volando.

Él era consciente de lo que aquello podía parecerle al resto de comensales. Alexei Christou, sentado en una mesa solo durante tanto tiempo... Le habían dado ganas de marcharse, pero habría sido ridículo. Sin embargo, había una parte de él que no se hubiera sorprendido si Victoria al final no hubiera aparecido. No le hubiese extrañado que le hubiera dejado una nota llena de reproches antes de regresar a Londres.

Y eso le excitaba. Porque la naturaleza imprevisible de Victoria le enfurecía tanto como le fascinaba.

Alexei pensó que Victoria quería llegar a un acuerdo desesperadamente. ¿Por qué si no había accedido a alojarse en la suite de un hotel de su elección y, encima, cenar con él? Pero, si tan desesperada estaba por conseguirlo, él podría sacar partido de la posición de poder en la que se encontraba.

«¿Hasta dónde sería capaz de llegar para conseguirlo?», se preguntó mientras contemplaba su belleza como un hombre que ha pasado demasiado tiempo en el desierto.

Alexei la había visto pavonearse mientras se acercaba a él y, a pesar de que ella parecía ignorar el interés que había creado a su alrededor, también había observado la reacción que Victoria había producido en cada uno de hombres que se encontraban en el restaurante. Y aquello no le había gustado.

Su vestido era demasiado barato, demasiado corto y sus sandalias parecían las que los turistas suelen comprar a mitad de precio en los mercadillos. Jamás una mujer con semejante aspecto se había sentado a su mesa. Y eso debería haberle facilitado el hecho de no desearla, pero aun así...

¡Maldita sea! ¡Podría haberla tomado encima de la mesa en aquel mismo instante!

¿Sería química lo que existía entre ellos? ¿Qué era lo que hacía que aquella mujer le resultara totalmente irresistible? Comparada con el resto de mujeres que había en el restaurante, Victoria era la peor vestida pero, a pesar de ello, había algo en ella que ni todo el dinero del mundo podía comprar.

La imagen de sus cabellos sueltos le hacía soñar con estar junto a ella en la cama. Soñaba con enredar sus manos en él, entrelazar pequeños mechones entre sus dedos, atraparla para poder hacer con ella todo lo que él quisiera... Alexei sintió cómo un arrebato de pasión se apoderaba de él al tiempo que sentía su sexo duro como el acero. Y, pronto, Victoria también podría sentirlo. Pronto, la colmaría con su virilidad hasta que ella le rogara que no dejara nunca de hacerlo.

–Quizá me hayas hecho esperar deliberadamente. ¿Esperabas que me marchase?

Victoria correspondió a su fría sonrisa.

–Habría sido muy tentador, pero, en este caso, no habría servido de nada. Me temo que ambos tendremos que soportar este encuentro –contestó con dulzura–. Míralo como si se tratara de una visita al dentista.

–Perdono que hayas llegado tarde, pero no voy a tolerarte ni una grosería más esta noche –le advirtió. Pero oyó de nuevo unas risas de fondo. Y entonces sus ojos brillaron peligrosamente al ver cómo un hombre le lanzaba una mirada a Victoria como si quisiera…

Frustrado por haber resistido la tentación de levantarse y prender por las solapas a aquel insolente mirón, Alexei descargó su ira contra Victoria. Sin embargo, ella ni siquiera se había percatado. Por el contrario, permanecía con la cabeza inclinada estudiando el menú. Algo intolerable cuando ambos se encontraban en medio de una conversación.

–¿Hambrienta? –le preguntó sarcásticamente.

Victoria levantó los ojos del menú. En él, había encontrado un lugar seguro en el que refugiarse de su inquietante mirada.

–Mucho –contestó ella.

El movimiento hizo que el cabello de Victoria cayera sobre su espalda dejando al descubierto su pecho, de forma que la atención de Alexei se vio canalizada hacia los turgentes pezones que se apreciaban a través del fino tejido de su vestido. Sin duda, aquello era por lo que todos los hombres le estaban lanzando miradas lascivas.

Alexei se inclinó hacia delante. Ahora estaba demasiado cerca de ella como para no poder ver la ira que reflejaban sus ojos.

–Dime, ¿por qué te has vestido así? –le preguntó.

–¿Así cómo?

Oh, esos ojos azules y esa presunta mirada de inocencia... Podía decirse que ella era una ingenua cuando la conoció, pero una vez que había saboreado los placeres del sexo ya no podía decirse que lo fuera. Él había presenciado el despertar de su sexualidad y podía atestiguar cómo había aprendido a escuchar y satisfacer las señales de placer de su cuerpo. Desde que él la había iniciado en el arte del amor, ¿cuántos hombres habrían saboreado la perfección de su sensual belleza?

–Llevas demasiado maquillaje y la falda que llevas es indecente.

Victoria se encogió de hombros.

–Es la moda. Además, puedo ponerme lo que me dé la gana.

–¡Pareces una mujerzuela! ¡Una puta! ¿Era esa tu intención?

–Creí que eso era lo que pensabas de mí de todas formas. O al menos eso fue lo que una vez me dijiste. Y, por favor, modera tu lenguaje. No estamos solos. La gente puede oír lo que estás diciendo. No querrás que nadie piense que estamos llevando a acabo una negociación sexual, ¿verdad?

En muy pocas ocasiones había sentido Alexei tanta cólera como en aquel momento. Empezó a sentir que le temblaban las manos y, de repente, sintió deseos de bajarle los humos estrechándola entre sus brazos y besándola apasionadamente hasta que, por fin, se derritiera. Después, la sacaría de aquel restaurante mientras el resto de los comensales lo miraban con envidia por saber, exactamente, lo que él tenía intención de hacerla.

–¿Te encuentras bien, Alexei? –le preguntó ella suavemente–. ¡A pesar de tu magnífico bronceado pareces ahora estar muy pálido!

Él la miró con recelo. ¿Intentaba provocarlo descaradamente lanzándole mensajes sexuales o simplemente le estaba preguntando por su salud? ¿Acaso estaba jugando con él?

¡Naturalmente que lo estaba! En el pasado, Alexei había sido su esclavo sexual y eso, obviamente, era el arma más poderosa que podía utilizar contra él. Entonces, él había bajado la guardia con ella como con ninguna otra persona en su vida. Y ahora lo lamentaba.

Aun así no debía olvidar que ahora ella era su adversario. No se diferenciaba de ningún otro enemigo suyo. La única forma de mantenerse en una posición dominante era asegurarse de tomar el control y jamás mostrar signos de debilidad. Esta vez no lo haría. No esta vez.

Sin apartar los ojos del rostro de ella, Alexei deslizó los dedos por el cuello de su camisa.

–Simplemente estoy incómodo con el traje.

Acto seguido, se humedeció los labios deliberadamente y, al hacerlo, vio como las azules pupilas de Victoria se dilataban sin poder evitarlo. Entonces, volvió a sentir de nuevo el poder. ¡Sí! Quizá estaba intentando jugar con él, pero aún lo deseaba. La tendría en su cama antes de que la noche hubiera terminado y comprobaría por sí mismo si seguía siendo tan buena como recordaba. Se saciaría de ella y, después, la mandaría a hacer la maleta.

Consciente de que se había sonrojado, Alexei se inclinó hacia delante.

–Me temo que ahora soy yo quien debe preguntarte si estás bien, ¿verdad, *agapi mu*? Pareces estar un poco acalorada. Quizá haga demasiado calor aquí para nosotros, ¿*ne*? ¿Qué te parece si vamos a la parte de atrás de la terraza? Allí nadie podrá vernos. Allí la brisa del atardecer podrá refrescarte como si el aliento de un amante se tratara. ¿Acaso no te gustaría?

Victoria tomó un sorbo de agua para humedecerse los labios deseando no tener que contestar. ¡Qué bien sabía utilizar las palabras! Sin duda, sabía exactamente lo que estaba haciendo. Estaba presionándola para ver hasta dónde era capaz de llegar. Oh, sí, Alexei sabía perfectamente qué mecanismos poner en funcionamiento. Sabía perfectamente cómo crisparle los nervios.

–No será necesario –dijo ella–. Me sentiré mejor una vez tenga algo de comida dentro de mí.

–¿No preferirías tenerme a mí dentro de ti?

–¡Eres asqueroso!

–¿Por qué molesta una pregunta tan sencilla como esa? Desde que llegaste, has estado mirándome como una mujer hambrienta que no ha probado bocado en mucho, mucho tiempo.

Ella lo miró a los ojos en actitud desafiante, pero no podía negar la verdad que albergaban sus palabras.

–Tu atractivo físico nunca ha estado en entredicho, Alexei.

–Ni el tuyo –le dijo dulcemente–. Pero, ¿cuánto tiempo hace que no pruebas bocado, Victoria?

–Tomé un sándwich en el avión –contestó a propósito.

–Sabes que no es eso a lo que me refiero –le susurró con voz ronca–. ¿Qué me dices de ese otro apetito, *agapi mu*? ¿Cuánto hace que no tienes a un hombre entre las piernas? ¿Cuánto hace que nadie se zambulle en la humedad de tu cuerpo hasta hacerte enloquecer de placer? ¿Cuánto hace, Victoria?

A pesar de su determinación por no permitir que la intimidara, Victoria empezó a temblar por una mezcla de humillación y deseo. Solo un embustero podía negar que sus palabras la ofendían, pero también la excitaban.

Victoria bajó la voz.

–¿Quieres que me marche de aquí ahora mismo?

–Si lo haces, te irás con las manos vacías. Suponía que íbamos a discutir las condiciones de nuestro divorcio.

–Si vas a continuar haciendo alusiones sexuales toda la noche, me pregunto si realmente vale la pena.

–Entonces, vete. Deja que sean los abogados quienes se ocupen de todo.

La estaba poniendo en evidencia.

Victoria agitó la cabeza

–No he venido hasta aquí para dar ahora media vuelta y marcharme a casa. De momento, podríamos ir pidiendo la cena...

Alexei llamó rápidamente al camarero.

–¿Aún sigue gustándote el pescado?

Victoria asintió.

–Aquí hacen el mejor pescado de toda la ciudad.

Naturalmente, si aquella cena hubiera tenido otro propósito y hubiera estado en compañía de otro hombre, ella habría mostrado algún signo de agradecimiento. Pero no era así. Era un mal trago por el que ambos tenían que pasar. Y ella quería hacerlo lo más rápidamente posible.

Guardaron un momento de silencio mientras les servían el pan, el vino y unas aceitunas. Victoria no tenía intención de tomar alcohol, pero, de repente, sintió la necesidad de hacerlo para poder enfrentarse a la batalla que se avecinaba. A la luz de las velas, los destellos de su oscuro cabello hacían sombras sobre sus angulosas facciones y resaltaban el brillo de sus profundos ojos negros.

En cierta forma, en aquel lugar se respiraba una atmósfera muy íntima, pero aun así, Victoria se sentía incómoda por la hostilidad y la tensión que flotaba en el aire. De repente, se dio cuenta de que no sabía por dónde empezar. Y, por la expresión de su rostro, Alexei no parecía tener la menor intención de ayudarla.

–Estoy esperando, Victoria –dijo suavemente.

Ella apoyó su copa sobre la mesa.

–No pretendo sacar partido de esto.

Él la miraba fríamente.

–Dejémonos de formalidades, ¿quieres? Ve al grano. Yo decidiré si lo que me reclamas es o no abusivo.

–Mi abogado me dijo que te diera eso –alcanzó su bolso y sacó de él una carta. Se la entregó a Alexei.

Después de echarle un vistazo, Alexei alzó la mirada. Su rostro permanecía impasible. Los griegos no solían mostrar jamás sus sentimientos. Especialmente, si estaban haciendo negocios. Alexei había aprendido bien aquella lección. ¡Qué tonta había sido! ¡Y qué idiota había sido también su abogado! ¿Acaso no se habían dado cuenta de que la suma que le estaban exigiendo era ridícula? Podían haberla multiplicado por diez y, aun así, todavía seguiría siendo una cantidad irrisoria comparada con lo vasto de su fortuna.

Alexei dobló la carta cuidadosamente. Después, la guardó en el bolsillo de su chaqueta.

–Semejante suma de dinero, ¿realmente te soluciona algo?

Victoria asintió. Podría solucionar muchas cosas, pero él no tenía ninguna necesidad de saberlo.

–Sí –respondió ella.

Alexei mordió una aceituna. Después dejó el hueso en el plato que había frente a ellos. Había algo erótico en aquel acto y Alexei presenció, sin apartar la mirada de su rostro ni un solo momento, cómo Victoria se sonrojaba.

–¿Y cuánta necesidad tienes de ese dinero? –le preguntó él dulcemente.

–No voy a suplicarte si es eso lo que esperas que haga. Es un acuerdo justo.

–Muy justo –dijo al borde de soltar una carcajada–. Pero quizá pueda tentarte con una cantidad superior. Puedes duplicar la cantidad que me solicitas, Victoria... Quizá incluso podría triplicarla –añadió magnánimamente–. ¿Qué me dices a eso?

Ella lo miró con recelo.

–Vas a darme más de lo que pido, ¿por nada?

Entonces Alexei rio, pero no se trataba de una risa de júbilo, sino de una risa malévola. ¡Cómo podía seguir siendo tan ingenua!

–Oh, no. No por nada –le aclaró–. ¿Acaso no sabes que, en esta vida, todo tiene su precio, *agapi mu*? Lo único que tenemos que acordar es el precio.

–Yo... No te entiendo.

Alexei hizo una pausa antes de asestarle el último golpe.

–Accede a ser mi amante durante una semana y podrás anotar la cantidad que desees en tu cheque. Si aceptas, podrás dejar Grecia siendo una mujer rica, Victoria.

Capítulo 6

DESDE el otro lado de la mesa, Victoria apenas se había percatado de que el camarero había servido los platos de pescado. Tragó saliva para intentar eliminar el amargo sabor de boca que tenía, pero no podía apartar la mirada de las bellas facciones del hombre que estaba sentado frente a ella.

¿Le habría entendido mal? El hombre que una vez la había amado tanto como para convertirse en su esposo, ¿acababa de ofrecerle dinero a cambio de sexo? ¿En verdad estaba tratándola como a una...?

Examinó su cara esperando que, en cualquier momento, Alexei soltara una carcajada. Eso habría sido lo normal hace años, cuando solía gastarle bromas. Pero eso ya formaba parte del pasado y, ahora, la expresión que reflejaba su rostro le decía que estaba hablando muy en serio.

–¿Estás intentando ofenderme?

–¿Ofenderte? –Alexei la miró impacientemente–. *Ochi*, Victoria. Simplemente estoy tratando de llegar a un acuerdo.

–¿Un acuerdo? ¿Tratando a tu mujer como si... como si fuera una prostituta? –susurró.

Él se encogió de hombros.

–¿Qué tienen de malo las prostitutas? Se dice

que resulta muy fácil hacer negocios con ellas; especialmente con las de alto nivel. Proporcionan placer sin compromiso emocional a cambio. De hecho, pensé que eso era por lo que te habías vestido así esta noche...

–¡Eres un cerdo!

Alexei se reclinó en su silla para disfrutar de su indignación.

–Oh, vamos, *oreos mu*. No es necesario montar una escena. Ya estamos llamando bastante la atención. Bastará con que digas sí o no. Después de todo, solo es sexo, Victoria. Algo que solíamos hacer una y otra vez con gran placer. ¿Y quién sabe? Quizá el hecho de incluir dinero en esto le añada más morbo al asunto.

–¿Por qué me estás haciendo esto?

–¿Por qué crees?

El instinto le advertía que debía esconder su deseo de venganza hacia ella. Si le decía que quería hacerle pagar por haberle humillado y engañado con otro hombre, ¿acaso eso no le haría mostrar su vulnerabilidad emocional frente a ella?

Mientras seguía buscando una razón igualmente válida, sus negros ojos seguían brillando.

–Porque, desgraciadamente, aún te encuentro muy apetecible. Me marché antes de haberme saciado de ti por completo. Quizá ahora que tengo una segunda oportunidad, pueda remediarlo –sus ojos estaban vidriosos y su voz era una suave caricia–. Y también me gustaría comprobar si sigues siendo tan ardiente como lo eras hace años...

¡Cómo si no lo supiera!

A pesar de la rabia que le estaban produciendo aquellos comentarios, Victoria sintió cómo se le endurecían los pezones. Empezó a sonrojarse. Aquellos placeres corporales olvidados hacía tanto tiempo empezaban a reclamar ser atendidos. Placeres que, simplemente, habían permanecido latentes porque ningún otro hombre había sido capaz de reactivarlos.

Victoria agitó la cabeza.

–¡Puedes irte al infierno!

–¿Es eso un no?

–¡Jamás!

–Lamentarás tus palabras, *agapi mu*.

–Lo único que de verdad lamento es haberte conocido.

De repente, la expresión de su rostro se endureció. Alexei parecía un ángel caído cuyas bellas facciones solo reflejaban desdén.

–Al menos hay algo en lo que ambos estamos de acuerdo.

–¡No puedo permanecer aquí ni un minuto más! –dijo ella desesperadamente. No podía soportar que él echara por tierra todos los bellos momentos que ambos habían compartido. Echando la silla hacia atrás, se levantó sin importarle lo que el resto de comensales pudiera pensar–. ¡No quiero oír ni una palabra más sobre esto!

–Siéntate –le pidió a pesar de que estaba seguro de que no lo haría.

–¿Y tener que seguir soportando esto? No, Alexei. Por mí puedes irte al infierno.

Victoria salió corriendo del restaurante y, si no hubiera estado tan disgustada, se habría dado cuenta que las caras de los camareros eran casi cómicas. Parecían no poder creerse que alguien tuviera el suficiente coraje como para dejar plantado a *kyrios* Christou, el guapo multimillonario.

Tomó las escaleras en lugar del ascensor. Se sentía como Cenicienta saliendo del baile. Pero, ¿acaso no era eso lo que siempre había sido para él? ¿Una Cenicienta? Sacó la llave de su habitación, pero los dedos le temblaban tanto, que no le respondían. Ni siquiera era capaz de introducir la llave en la cerradura. Entonces fue cuando oyó el sonido de una voz terriblemente familiar detrás de ella. Una voz que le helaba la sangre.

–Permíteme –le susurró mientras que Victoria se giraba para contemplar, incrédula, el rostro de Alexei.

–¡Vete de aquí!

Pero él la ignoró. Arrebatándole la llave de entre los dedos, abrió la puerta y empujó suavemente a Victoria hacia el interior de la habitación cerrando la puerta tras él. Había sido una acción totalmente autoritaria. Una acción que le recordaba lo machista que era.

«Así que haz algo».

Échale a patadas.

Llama a seguridad.

Pero Victoria no podía hacer nada excepto mirarlo. Mientras tanto, el ritmo de su respiración seguía aumentando. Debía de estar equivocada, pero aquella mirada suya tan profunda y llena de intención... Ella ya le había dicho lo que pensaba acerca de su proposición.

Se deshizo el nudo de la corbata y comenzó a rotar la cabeza y los hombros como parodiando a un marido que llega a casa después de un duro día de trabajo. Pero ellos nunca habían compartido cosas tan rutinarias como esa. Y ahora él estaba...

–¿Qué crees que estás haciendo? –Victoria tragó saliva mientras Alexei se quitaba la chaqueta dejando al descubierto la poderosa musculatura que se escondía bajo su camisa de seda blanca.

–Vamos, Victoria. Estábamos en medio de una conversación. Y creo que debemos zanjar el tema, ¿no crees?

–¿Y acaso eso implica que tengas que quitarte la ropa? –le preguntó.

Él arqueó las cejas como queriendo burlarse de su pregunta.

–Bueno, solo me he quitado la chaqueta, pero puedo quitarme más prendas si así lo deseas.

–¡Eres repugnante! Ni siquiera sé por qué te has molestado en seguirme porque yo no tengo nada más que decirte.

–¿Estás segura, Victoria, *mu*?

Y sin previo aviso, Alexei la rodeó con sus brazos tal y como había hecho anteriormente en su despacho. Esa vez, Victoria debería haber estado preparada. Debería haberle parado, pero, al igual que aquella mañana, se derritió frente a él como si de mantequilla se tratara. Parecía que su suave cuerpo encajaba a la perfección contra la dureza del suyo, parecía como si ambos estuvieran hechos el uno para el otro a propósito.

–No tengo nada más que decirte –repitió a pesar de que resultaba poco convincente.

Mientras Victoria luchaba por liberarse, Alexei sentía el frescor de su aliento contra sus mejillas. A pesar de todos sus esfuerzos, sabía que Victoria no quería irse a ninguna otra parte. Y él tampoco.

–Quizá entonces ya no sea el momento adecuado para las palabras –murmuró él.

–Sí lo es... –pero su voz sonaba como la de una

persona diciendo que no puede comerse un bombón cuando el chocolate ya se está derritiendo en su boca.

Él sonrió.

–Pero me deseas.

–No. No. Yo no...

Alexei le giró el rostro. Entonces pudo ver la mezcla de emociones que, como un torbellino, se estaba apoderando de ella. Poco después, una, solo una de aquellas emociones, prevalecía sobre las demás. La más poderosa e intensa. Tan fuerte como la vida misma. Porque, de hecho, sin ella, no habría vida.

El deseo.

–Oh, sí. Sí me deseas. Puedo sentirlo. Yo también te deseo –y entonces él no pudo contenerse por más tiempo–. Victoria –gimió, y posó su boca sobre la de ella, saboreando la dulzura y la humedad de sus labios.

Victoria se sentía como una botella de champán que alguien ha agitado justo antes de abrir. Sin embargo, en lugar de una explosión de espuma, ella se vio superada por un torbellino de emociones que amenazaban con desbordarla. Y poco podía ella hacer frente a eso.

Alexei separó sus labios de los de ella.

–Victoria –volvió a gemir de nuevo aunque, esa vez, el familiar tono de su voz hizo que sus sentidos rememoraran las sensaciones que él era capaz de producir en su cuerpo.

–No deberíamos... –suspiró ella.

Pero ya era demasiado tarde. ¿Acaso sus palabras no daban por sentado que iba a suceder algo entre ellos? «No deberíamos». Como si fuera algo que hubieran planeado juntos. Bueno, quizá lo habían hecho, pero inconscientemente. Porque si no las cosas habrían sido muy diferentes.

Ella le habría pedido a su abogado que le llamara.

Ella no hubiera tenido que viajar hasta Grecia para decírselo.

Pero entonces, él no la hubiera invitado.

Podría haber fijado su reunión en su enorme despacho, no bajo la luz de las velas de uno de los restaurantes más exclusivos de la ciudad.

E incluso aunque todas esas cosas no hubieran dado resultado, ella siempre podría haberle pedido que se marchara. Pero, por el contrario, allí estaba, apoyada sobre él como si no pudiera resistirse a su enorme magnetismo. Y ahora Alexei había empezado a entrelazar sus manos en su pelo, no podía hacer nada más que inclinar la cabeza hacia atrás, cerrar los ojos, y rogar que no se detuviera.

–¡Oh, Dios!

Alexei dejó escapar un grito de placer al sentir cómo ella se estremecía. Continuó dándole pequeños besos a lo largo del cuello mientras el cuerpo de Victoria empezaba a temblar incontrolablemente. Alexei quería prolongar lo máximo posible aquellos preliminares. Quería hacerlo hasta que ambos no pudieran soportar más la excitación y suplicaran rendirse al placer. Pero en aquel momento, el autocontrol parecía haberlo abandonado.

Él deslizó las manos por su vestido y ella comenzó a gemir, retorciéndose de placer mientras él deslizaba sus dedos bajo la humedad de sus braguitas. Y... *ghlikos*... Menos mal que él la tenía sujeta por la cintura porque, sino hubiera sido así, sus rodillas no podrían haberla sustentado.

–Victoria –le susurró, tumbándola sobre el frío suelo de mármol con cuidado, con tanto cuidado como si ella fuera de cristal. Pero el cristal era algo frío y ahora, Victoria, se sentía incendiada por el efecto de su tacto.

Ella lo miró acaloradamente, como si estuviera atravesando un episodio febril. Y así, a pesar de que no estaba segura de querer atraerlo o alejarlo de ella, lo agarró por los hombros. Algo dentro de ella sabía que aquello no estaba bien. Algo le decía que debería parar aquello ahora mismo. Hacer que Alexei se detuviera. Bien sabía que, aunque Alexei fuera un hombre poderoso con un apetito sexual insaciable, jamás la tomaría a la fuerza. Su orgullo nunca se lo permitiría.

Pero, aun así, un sentimiento profundo que iba más allá de la razón, hacía que permaneciera aferrada a él.

–Alexei –gimoteó cerrando los ojos para que él no pudiera ver el dolor en ellos.

Pero Alexei pudo ver la expresión desgarrada de su rostro cuando ella se dispuso a separar las piernas para recibirlo. En aquel momento él apenas era capaz hablar, tenía la garganta seca y rígida. Bueno, no solo la garganta...

–¿Quieres que me vaya? –preguntó–. ¿Quieres que pare? ¿Quieres que te deje así?

Victoria abrió los ojos para ver la tensión reflejada en el rostro de Alexei. Solo una palabra suya bastaría para hacer que se detuviera.

–¿Quieres? –volvió a preguntar–. Por amor de Dios, Victoria, ¡dímelo! No podré soportar mucho más tiempo esta agonía.

–¡No! –susurró ella mientras una lágrima se deslizaba por el rabillo de su ojo–. Quédate. No te vayas. Sigue, por favor, Alexei.

Al oír aquello, Alexei dio rienda suelta a su voracidad. De hecho, emitió un sonido gutural que bien podía compararse con el rugido de un león dispuesto a atrapar su primera presa.

Con una mano, le arrancó las braguitas y empezó a acariciarla. Mientras, con la otra, se desabrochaba el cinturón. Después, mientras Victoria empezaba ya a estremecerse por el placer de la magia de sus dedos, él se apartó un momento para dejar caer el cinturón al suelo.

En aquel momento, Victoria abrió los ojos para protestar.

–¿Adónde vas?

–Voy a prepararme para ti.

Ella lo contempló.

Estaba tan excitado que se quitó la camisa impacientemente. Después se bajó la cremallera y lanzó los pantalones al suelo. Por último, se quitó los calcetines. Y allí, en calzoncillos, la grandeza de su erección ponía de manifiesto cuánto la deseaba en realidad.

El impacto de volver a ver aquello, hizo que Victoria dejara escapar un grito ahogado.

–¡Alexei! –jadeó.

Alexei le dedicó una mirada de perfecto seductor.

–Te gusta ver cómo me desnudo para ti, ¿verdad?

Victoria tragó saliva.

–Sí.

Tratando de ir más despacio, se quitó los calzoncillos. Después, sacó un preservativo de uno de sus bolsillos. Al ponérselo y sentir la dureza de su erección casi...

De repente sintió que necesitaba tomarla en aquel mismo momento. No podía esperar ni un segundo más. Ni siquiera podría permitirse el tiempo suficiente para quitarle el vestido y el sujetador, porque si lo hacía...

–Victoria –gimió mientras hundía sus dedos dentro de ella y sentía el calor que emanaba de su cuerpo–. Victoria...

En aquel momento, Victoria le agarró la mano para estrecharle contra sí. Era maravilloso poder sentir otra vez la fortaleza de su cuerpo entre sus brazos. Le rodeó del cuello con su otro brazo para besarlo instintivamente en los hombros mientras que sus caderas se alzaban para recibirle.

–Ahora –le suplicó sintiendo cómo el calor se había apoderado de ella–. Oh, Alexei, ¡ahora!

Dejando escapar un gemido, Alexei se hundió dentro de ella. Y lo hizo mucho más profundamente de lo que jamás lo había hecho con ella o cualquier otra mujer. Incluso más que cuando ella, tan voluntariosamente, le había entregado su virginidad. Pero, sin embargo, algo parecido a un sollozo salió de sus labios al pensar cuántos hombres habrían estado allí después de él, en aquellos íntimos lugares que solo a él pertenecían. Al pensarlo, aquel sollozo se tornó furioso y la furia hizo que empezara a embestir con más fuerza.

–¡Alexei! –jadeó consciente de la rendición latente en su voz.

–¿Te estoy haciendo daño? –preguntó él.

No de la manera que pensaba. Su corazón era el

único que estaba en peligro. Victoria quería susurrarle al oído que él era el único hombre al que ella jamás había querido, que incluso a veces seguía soñando con él, pero por el contrario...

–No, no me estás haciendo daño.

Alexei vio que Victoria estaba a punto de llegar al clímax y sabía que él no podría aguantar más. No esa vez. Le levantó los muslos y puso sus brazos debajo para que ella llegara con más fuerza, más rápido. Mientras tanto, observaba cómo ella inclinaba la cabeza hacia atrás, arqueaba la espalda y separaba las piernas para sentir cómo aquella explosión de placer invadía todo su ser.

Los gritos de Victoria hicieron que Alexei se dejara llevar. Aquel orgasmo le había transportado a un lugar que nunca antes había visitado. El placer era tan intenso que sentía como si todos sus sentidos hubieran vuelto a la vida. Después de acabar, pudo sentir cómo ella aún se convulsionaba bajo él. Después, él se echó sobre ella para murmurarle algo en griego al oído.

Victoria debía de haberse quedado dormida. Al despertarse, sintió el frío mármol contra sus piernas a pesar de que el musculoso cuerpo de Alexei, quien yacía a su lado, la mantenía caliente.

Sin embargo, a pesar del contacto de su cuerpo y el calor que despedía, Victoria temblaba ligeramente. Abrió los ojos y permaneció mirando al techo tratando de retener las imágenes de todo lo que allí había sucedido. Al hacerlo, una ráfaga de pensamientos contradictorios sacudió su mente. No quería que Alexei se despertara. Todavía no. No hasta que hubiera decidido qué hacer a partir de entonces. Para eso lo primero que tenía que hacer era aceptar la situación.

Había ocurrido.

Había dejado que su ex marido le hiciera el amor. No, en realidad solo habían compartido sexo salvaje.

Consciente de la enorme atracción física que siempre había existido entre ellos, quizá lo sucedido había sido inevitable. No lo había planeado, pero tampoco se había resistido. Sin embargo, ahora no iba a lamentarlo.

Tras aquel estallido de placer, su cuerpo se sentía maravillosamente. Sin embargo, ella se sentía vacía. Nunca había hecho el amor con Alexei de una manera tan mecánica y primaria como aquella. Ni siquiera antes de que se rompiera su matrimonio. Jamás habían entendido el sexo como una cruel imitación de hacer el amor y eso le parecía una completa burla de lo que en su día, ellos compartieron juntos.

Si únicamente no hubiera sido tan bueno...

Pero justo cuando empezaba a esbozar una tímida sonrisilla, se obligó a pensar en la horrible proposición que Alexei le había hecho: convertirse en su amante a cambio de ofrecerle un cheque en blanco como acuerdo de separación.

Consentir que la tratara como a una prostituta. Permitir que entrara en su habitación siempre que quisiera y hacer el amor con él sin oponer resistencia. Para haber rechazado su propuesta tan tajantemente parecía que había cambiado de opinión con bastante facilidad...

¿Cómo había podido?

Pero eso no significaba que hubiera accedido a convertirse en su amante, ¿verdad? Tenía que admitirlo, solo había sido sexo y eso había ocurrido porque... Bueno, se había dejado llevar sin pensarlo.

A pesar de que Alexei no hubiera mostrado signos de cariño hacia ella, Victoria, ciertamente, sentía algo por él. No podía evitarlo. Aunque sabía que entre ellos no podían existir tales sentimientos. Eran rivales. No habían llegado a ningún acuerdo. Podía mantener la cabeza bien alta a pesar de que no estaba especialmente orgullosa de lo ocurrido. Simplemente había sucedido. Por una infinidad de razones. Claramente, deseo, lujuria. Sobre todo por parte de Alexei. Y, si era totalmente sincera, también por parte suya.

Sin embargo, había habido algo más que lujuria. Ambos parecían haber estado añorando recordar lo bueno que siempre había sido el sexo entre ellos.

Pero se había acabado. Y Victoria lo sabía. Ahora solo tenía que pensar cómo salir airosa de una situación tan embarazosa como aquella.

Empezó a darle vueltas a la cabeza.

Pronto, Alexei se despertaría. Entonces, le diría que quería pasar la noche sola y prefería que se marchara. Había conseguido lo que quería. Si le dejaba bien claro que no tenía ninguna intención de volver a caer en su trampa, ¿qué objetivo tenía quedarse?

Y aquello implicaba que, a la mañana siguiente, tendría que salir corriendo de allí hacia el aeropuerto.

Tomaría un vuelo de regreso a Londres.

Sería capaz de salir adelante. Lo haría de alguna forma. Se las apañaría para pagarle a Caroline todo lo que le debía sin tener que pedirle favores a

Alexei. Incluso aunque eso supusiera tener que trabajar incluso por las noches. Trabajar duro la mantendría distraída y la ayudaría a olvidar todo lo que allí había acontecido.

Victoria permaneció quieta mientras sentía que Alexei comenzaba a desperezarse. Cerró los ojos para ganar algo de tiempo.

Por una décima de segundo Alexei creyó que se encontraba con cualquier mujer. Aún medio adormilado, sintió el calor pegajoso del cuerpo que tenía al lado. Inconscientemente, se abalanzó sobre ella provocativamente.

Y entonces recordó.

«¡Victoria!»

Fue como si alguien acabara de introducir sus sentimientos en una coctelera para después agitarlos frenéticamente. Acababa de hacer algo que jamás pensó que volvería a hacer. ¿Qué le había pasado? ¿Acaso no era capaz de mantener el control? Aquello había sucedido sin que tuviera la oportunidad de dictaminar sus condiciones y, por lo tanto, se sentía en desventaja.

¿Qué sucedería a partir de ahora? Sabía que estaba despierta. Podía sentir cómo controlaba la respiración para fingir estar dormida.

Que Victoria estuviera haciéndole creer que estaba dormida le irritó tanto como su momentánea confusión, así que se apartó de ella evitando así que pudiera comprobar lo fácilmente que podía excitarlo. Se apoyó sobre los codos para vigilarla de cerca. Tenía el vestido subido hasta las caderas y sus braguitas estaban a un lado, en el suelo. El pelo le caía sobre el pecho y sus apetecibles labios estaban sonrosados.

De repente, dejó de fingir. Abrió los ojos y lo miró con cautela. Se sentía como un animalillo que, ante una fiera, no sabe cómo poder escapar.

La irritación de Alexei aumentó. ¿Dónde estaban sus besos? ¿Dónde los muestras de gratitud y los susurros al oído? ¿Y dónde estaban aquellas manos que, tan bien, sabían acariciarle la entrepierna para excitarlo de nuevo?

–¿No dices nada, Victoria? Dadas las circunstancias, parece un poco raro...

Poco a poco, Victoria fue separándose de él, alejándose del peligro de su proximidad.

–En una situación como esta, cualquier reacción parecería inapropiada.

–Así que no vas a decirme: «Cariño, ¿no ha sido maravilloso?» –se burló.

–Sabes que lo ha sido, en cierta forma.

–Bueno, ¿y qué es lo que normalmente les dices a los hombres en una situación como esta? ¿Cuál suele ser tu reacción?

Ella se sonrojó. Alexei había escogido deliberadamente aquellas palabras para hacerla sentir como una golfa. Y le había dado resultado. Pero estaría perdida si él lo supiera. Eso no haría más que incrementar su ego.

–Realmente no creo que eso sea asunto tuyo, ¿no te parece? –le respondió tranquila.

Y, aunque intentó convencerse de que era algo irracional, Alexei sintió que los celos lo consumían. No importaba que llevaran separados mucho tiempo o que los abogados fueran a encargarse de su proceso de separación. Hasta que un juez no dictaminara lo contrario, ella seguía siendo su mujer, ¡maldita sea! ¡Su mujer y solo suya!

Alexei le lanzó una mirada abrasadora. De repente, sintió una necesidad imperiosa de demostrarle el poder que tenía sobre ella. Deslizó una mano entre sus muslos hasta llegar al punto exacto que sabía la haría enloquecer.

–¡Alexei! –gimió.

–Te gusta, ¿verdad?

–Sa... Sabes que sí.

Al retirar los dedos, Alexei vio la frustración en sus ojos.

–Déjame decirte algo, Victoria.

Ella solo quería que continuara haciendo lo que había estado haciendo, pero, por supuesto, no iba a suplicárselo.

–En el futuro, asegúrate de negociar el precio antes de ofrecer tus servicios –sonrió cruelmente–. Es la regla de oro del mundo de los negocios.

Le llevó un par de segundos entender el significado de sus palabras, pero, al hacerlo, supo exactamente en qué posición se encontraba. Se había convertido en su amante. En su prostituta. Ella, que había sido el amor de su vida...

Tomó aire. Sabía que, a pesar de que le parecía irresistible, había sido una locura rendirse a él. Debería haberle echado y hacer que se mantuviera lo más alejado posible.

La ira hizo que se incendiaran sus mejillas

–Vete.

Alexei frunció el ceño.

–Creí que teníamos un trato...

–Bueno, pues creíste mal.

–Entonces, ¿cómo explicas todo esto?

–Ha sido un error, no un trato. Preferiría hacer un pacto con el demonio, aunque, entre el demonio y tú, no creo que haya mucha diferencia.

Alexei decidió apostarlo todo a su última carta.

–¿De repente ya no necesitas el dinero?

Que supusiera que aquel comentario la haría venirse abajo hizo que Victoria continuara desafiándole sin pensar en las consecuencias.

–No tan desesperadamente –le contestó–. Prefiero fregar suelos a tener obligación alguna para contigo. Ahora, ¡vete!

Capítulo 7

DESPUÉS de eliminar cualquier rastro de Alexei de su cuerpo, Victoria pasó la noche acurrucada en medio de la inmensa cama tratando de eliminar de su mente cualquier recuerdo sobre lo que allí había acontecido. Sin embargo, la noche la había vuelto vulnerable. Le resultaba imposible no regodearse en aquellas imágenes tan eróticas.

Contempló el amanecer de Atenas con gran tristeza, pero, después de tomar un buen desayuno en la habitación, se sintió mucho mejor. Lo importante era olvidarle y tratar de seguir adelante. Fijó la mirada en el profundo azul del mar Egeo. Apoyada en la barandilla de la terraza, se despedía en silencio de la ciudad. De pronto, su teléfono móvil sonó.

El corazón le dio un vuelco. Sabía exactamente quién sería.

Alexei.

Apoyó su taza de café sobre la mesa.

Le diría que no tenía ninguna intención de cambiar de idea. No importaba lo que le dijera y lo tentada que ella estuviera. Le diría que no.

Pero no era el nombre de Alexei el que parpadeaba en la pantalla del móvil, sino el de Caroline.

Frunció el ceño desconcertada. Después, aceptó la llamada.

–Hola, Caro, ¿va todo bien?

Hubo una pausa.

–Bueno, depende…

–¿Le ocurre algo a Thomas? –preguntó Victoria rápidamente.

–No, Thomas está bien, pero…

Caroline le contó toda la historia. Su casero se había cansado de esperar. Se le había agotado la paciencia. Quería que le pagara todo lo que le debía. Y lo antes posible.

Victoria alzó los ojos al cielo. Aunque no fuera una mujer de negocios realmente exitosa, sabía que no podía culpar a aquel hombre por reclamar lo que era suyo.

–¿Qué es lo que te ha dicho Alexei? –le preguntó Caroline de repente–. ¿Va a darte el dinero? ¿Ha sido razonable?

Razonable no era un adjetivo aplicable a su marido y así quiso decírselo Victoria. Sin embargo, cuando estaba a punto de hacerlo, se mantuvo en silencio. ¿Qué iba a decirle? ¿Que Alexei no tenía intención de darle el dinero a menos que ella le pagara con favores sexuales? Y después, ¿qué? ¿Sería capaz de decirle que había rechazado su propuesta?

Aunque trabajara como camarera, cocinera y en su tiempo libre atendiera cócteles, Victoria jamás ganaría lo suficiente para saldar la deuda que Caroline tenía con su casero. Además, mientras tanto, sus deudas seguirían creciendo. Pero Caroline tenía un hijo al que alimentar.

–¿Entonces? –preguntó Caroline interrumpiendo sus pensamientos–. ¿Habéis llegado a algún acuerdo?

Victoria cerró los ojos. Ya había tenido relaciones sexuales con él y, ciertamente, le había gustado. ¿Acaso era un sacrificio tan duro?

–Sí –contestó apesadumbrada–. Hemos llegado a un acuerdo. Pero probablemente tenga que permanecer unos cuantos días más en Atenas para solucionar todo el papeleo.

Tras hablar con Caroline, y antes de que pudiera arrepentirse, marcó inmediatamente su número.

–¿*Ne*?

–Soy yo, Alexei.

Por supuesto, la había reconocido.

–Hola, Victoria –contestó suavemente.

–¡Vaya! Suponía que mi llamada te sorprendería.

–En absoluto. De hecho, estaba aquí tumbado esperando a que llamaras.

–¿Tan seguro estabas de que no sería capaz a resistirme a tus encantos?

–Bueno, lo has hecho durante siete años, pero supongo que mi dinero te resulta mucho más atractivo.

Sintió ganas de defenderse, pero aquello no funcionaría a menos que ella dejara a un lado su orgullo y sus sentimientos. Tenía que ser práctica. Él ya no era el Alexei de antaño, así que no le resultaría tan difícil hacerlo.

–¿No crees que deberíamos dejar claras cuáles son las condiciones? –le preguntó con calma.

A Alexei le pilló desprevenido que se mantuviera tan firme y le hiciera preguntas tan pragmáticas, ya que esperaba que se hubiera comportado de una forma más resignada. Por un momento quiso mandarla al infierno. Tan solo la veía como a una avariciosa arpía de sangre fría. De hecho, era mucho peor de lo que inicialmente había pensado.

Pero, ¿acaso iba a frustrar eso el objetivo de su plan? ¿Acaso no había esperado ya lo suficiente para vengarse? Además, no importaba cuántos encuentros sexuales satisfactorios hubiera disfrutado, ninguno se comparaba a lo que sentía con Victoria. Ella era para él todo un mito sexual.

Un mito que ya era hora de enterrar. Además, todo el mundo sabía que la fantasía era mucho más poderosa que la cruda realidad.

–Por supuesto que podemos acordar las condiciones. En primer lugar, nuestro acuerdo tendrá una duración de siete días.

Victoria cerró los ojos. ¿Podría soportarlo?

–Muy bien.

–Y durante todo ese tiempo te comportarás exactamente cómo una amante debe comportarse.

Victoria experimentó un pequeño ataque de celos. ¿Cuántas amantes habría tenido?

–¿Quieres decir que existe un código de conducta? –le preguntó furiosa.

Alexei se percató del tono irónico de sus palabras. Adivinando la causa, sonrió lleno de satisfacción.

–Naturalmente que existe. Una amante debe ser dócil y complaciente. Debe disfrutar del sexo y, si así se le requiere, acceder a él en cualquier lugar y en cualquier momento.

«¡No puedo seguir con esto!»

–¿Y qué significa eso exactamente?

Simplemente con imaginárselo, Alexei empezó a excitarse.

–Llevarás siempre lo que me plazca y me permitirás vestirte. O desnudarte. Y no permitiré que protestes. No dejaré que me acompañes luciendo el tipo de vestido que llevabas la otra noche.

–Siento no haber parecido lo suficientemente elegante para tu gusto.

No le gustaba nada oír aquel tono de voz, le gustaba mucho más cuando Victoria estaba alegre. Pero no quería alejarse del objetivo. En absoluto quería que ella le gustara.

–Mi reputación se vería afectara si aparentaras ser vulgar.

–En ese caso no sacaré de la maleta mis tacones de aguja de color blanco.

–Oh, sí. Hazlo, por favor –susurró–. Pero resérvalos para cuando llegue el momento de irnos a la cama.

Aquello le recordó cómo era el antiguo Alexei. Y aquello le asustó. Le asustó porque le recordaba por qué se había enamorado de Alexei. No había sido solo por su irresistible atractivo físico, sino porque también era divertido. Y, en la batalla de sexos, toda mujer sabe que una de las armas más poderosas.

–Muy divertido.

–Tampoco, y bajo ninguna circunstancia, hablarás a la prensa de este acuerdo.

–¿Realmente crees que sería capaz de ir contando por ahí una cosa así?

Hubo una pausa.

–¿Por qué no? Ya me has demostrado lo lejos que eres capaz de llegar si hay dinero de por medio.

Aquel era el comentario más doloroso que podía haberle hecho. Sin embargo, la crueldad de sus palabras podría ayudarla. Así le resultaría mucho más fácil mantener sus sentimientos a raya.

–Así que, ¿ésas son todas tus condiciones?

–*Ne* –asintió mirando cómo su erección crecía bajo las sábanas de algodón egipcio y deseando que ella estuviera allí para poder aliviarlo–. Así es.

–Entonces quizá quieras oír las mías.

Alexei frunció el ceño.

–¿Que son...?

–Yo tampoco quiero que nadie se entere de esto –le dijo fervientemente–. Ni tu familia, ni tus amigos ni nadie. Por favor.

–¿Crees que voy por ahí cotilleando? ¿O quizá piensas que me gustaría presumir de semejante conquista?

–No lo sé.

–¡Me estás ofendiendo!

–Al igual que tú lo has hecho al hacerme esta proposición.

Hubo una pausa tras la cual él empezó a reírse.

–Oh, Victoria. Eres muy lista –dijo suavemente–. Muy lista. Me provocas a propósito para hacer que dé marcha atrás, ¿verdad? –soltó una carcajada–. En sentido figurado, claro.

–¡No seas grosero!

–No te quejabas de ello anoche –contestó–. Pues no, créeme, no cambiaré de idea.

A pesar de su determinación, estaba preocupado. Aquello le hacía darse cuenta de que, a diferencia de muchas otras mujeres, Victoria siempre había tenido la habilidad de estimular una parte de su cuerpo.

Su mente.

–Hay otra cosa –añadió Victoria al recordar la angustia con la que Caroline la había llamado–. Me gustaría recibir algo de dinero por anticipado.

–¿Un anticipo? –repitió asombrado.

Supo que tenía que actuar con descaro. De ninguna otra forma funcionaría.

–Digamos que es un anticipo por lo que sucedió aquí anoche.

–¡*Theos!* –exclamo con desagrado–. Adoptas los hábitos de una prostituta con total naturalidad.

Victoria cerró los ojos suplicando armarse de valor para poder afrontar aquello.

–Tenemos un trato, Alexei. Cíñete a las condiciones, ¿quieres? Quiero dos mil libras por adelantado. En metálico.

–¿Realmente crees que lo de anoche valió tanto?

–Creo que valdría mucho más –le contestó sinceramente. Renunciar a sus valores y dejar a un lado su orgullo seguramente valía mucho más que dos mil libras.

–Haré que te las envíen inmediatamente. Después, mi chófer irá a recogerte para que te reúnas conmigo y puedas así empezar a ganarte la segunda parte del dinero.

Por un momento, Victoria se sintió mareada. Sus insultos eran una cosa, pero la rapidez con la que pretendía formalizar el acuerdo era sobrecogedora. Ni siquiera había tenido tiempo de asimilar la idea de convertirse en su amante…

–¿Cuándo? –preguntó sintiéndose, de repente, nerviosa.

–Ahora mismo.

–¿Ahora? –repitió asombrada

–No veo razón por la que prolongar más esta espera, ¿acaso tú sí?

¿Qué otra opción tenía?

–De acuerdo –asintió con resignación.

Cuando el chófer llegó y le entregó el dinero, Victoria se dirigió inmediatamente a la recepción del hotel para que le enviaran el giro a Caroline. Sin duda, ella estaría esperando el dinero. Después de haber hecho la transferencia, Victoria se sintió mucho mejor y pudo empezar a relajarse, pero como el trayecto en coche hasta el otro lado de la ciudad duró tan poco, se puso nerviosa otra vez enseguida.

El hotel que Alexei había elegido era impresionante. Se trataba de un edificio altísimo y resplandeciente rodeado por jardines floridos de exóticas flores. Dentro la iluminación era tan suave y tenue que entrar allí resultaba verdaderamente acogedor después de aquel sol de justicia. Victoria sabía que, al elegir aquel lugar, Alexei estaba queriendo ser discreto. De hecho, no parecía haber rastro de más huéspedes.

El botones la acompañó hasta el ascensor y la condujo hasta la habitación. Fue el mismísimo Alexei quien abrió la puerta. Al hacerlo, se quedó paralizado. Incluso tiempo después de que el botones se hubiera marchado. Simplemente permanecía allí como si tuviera todo el tiempo del mundo para contemplarla.

Iba vestido de manera informal. Llevaba unos pantalones vaqueros y una camiseta blanca de seda que marcada toda su musculatura. Además, al llevar el primer botón de los pantalones desabrochado, también quedaba expuesta la firmeza de su moreno y plano vientre.

–Me has estado haciendo esperar.

Victoria sabía que probablemente tenía razón puesto que había tardado bastante en transferirle a Caroline el dinero.

–Ya sabes que las mejores de las cosas de la vida se hacen esperar –le sonrió–. Ahora, ¿no vas a invitarme a entrar?

–Quizá tenga otra cosa en mente –murmuró–. Quizá quiera tomarte aquí junto al quicio de la puerta.

Se le aceleró el pulso, pero pudo ser capaz de mantener la sonrisa.

–¿Crees que sería buena idea? Podría verte algún otro huésped.

–¿Otro huésped? No hay más huéspedes en esta planta, *agapi*. Este área del edificio me pertenece. Nadie nos molestará. Estás a salvo. Ahora, ven y bésame.

Tener relaciones sexuales con él era una cosa, pero besarlo era algo muy íntimo, algo que le recordaba el pasado cuando ambos habían compartido verdaderos besos de amor. Si se negaba a besarlo, Alexei vería aquello como un desafío, así que tendría que actuar de manera sutil. Tenía que evitar besarlo en vez de negarse a hacerlo. Tendría que distraerle de alguna forma.

Sacudiéndose la melena de encima de los hombros con un seductor movimiento, Victoria dedicó una sonrisa a su marido.

–Primero vamos dentro, ¿quieres?

Alexei la vigilaba como lo haría un depredador con su presa. A pesar de que se había percatado de su táctica evasiva, no iba a hacer nada para disuadirla. La contempló mientras entraba a la habitación. Caminaba como si aquel lugar le perteneciera y le encantaba ver cómo contoneaba el trasero bajo el fino tejido de su vestido de algodón blanco. ¿Le estaba intentando demostrar que podría mantener su independencia durante esa semana? ¿O acaso le estaba haciendo ver que realmente tenía derechos sobre sus propiedades?

Por primera vez, Alexei pensó que a él también le interesaba acabar con aquel matrimonio lo antes posible. Si, de repente, Victoria desarrollaba el gusto por el lujo, podría darse cuenta de todo lo que se había estado perdiendo y de lo insignificante que había sido su propuesta inicial.

¿Y si durante esa semana se daba cuenta de que, cualquier abogado medianamente bueno, podría reclamarle la mitad de su fortuna? Bueno, para su satisfacción, Victoria jamás podría costearse un abogado tan bueno como para conseguir eso.

Sin embargo, Alexei sabía lo suficiente acerca de la condición humana como para saber que no debía mostrar signos de duda o recelo. Si Victoria adivinaba su punto débil, entonces podría sacarle hasta el último euro que tuviera. Y jamás permitiría que una mujer, que además le había traicionado, le despojara de su fortuna.

Debía ser cuidadoso y evitar que los encantos de su cuerpo lo cegaran. En realidad aquel acuerdo solo estaba basado en el…

Mientras contemplaba cómo Victoria miraba a su alrededor, Alexei sitió cómo el calor se apoderaba de él. El deseo que sentía por ella le excitaba tanto… ¿Por qué? ¿Por qué siempre le sucedía lo mismo con ella?

–Vienes vestida de blanco como la novia que un día fuiste. ¿Estás intentado aparentar ser ahora la misma virgencita?

El corazón le latía con tanta fuerza que le dolía. Había empezado la batalla y eso solo era el comienzo.

–No. En absoluto.

–Claro que no. Ahora ya no lo eres. No cómo la primera vez. ¡Ah, qué placer me dio aquello!

La súplica que había en sus grandes ojos azules era auténtica.

–Alexei, por favor.

–¿Qué? Esta es una oportunidad única. ¿Seguro que no quieres aprovecharla?

–No, es la última cosa que quiero.

–Bueno, pues yo sí quiero. Dime, *oreos*, anoche, ¿fue diferente?

–¿Diferente a qué? –dijo consciente de que aquella prueba a la que estaba siendo sometida tenía más que ver con el poder que con el sexo.

–Distinto que con los otros, ¡naturalmente! –no importaba cuáles fueran sus sentimientos hacia Victoria ahora, él aún no podía liberarse de la creencia de que era suya. Su esposa. Su posesión. Ya no lo sería por mucho tiempo, pero hasta entonces... Sí, era suya. Y solo suya.

–¿De qué estás hablando?

–De los otros hombres –contestó, pero al ver cómo palidecía Alexei duplicó los amantes que había calculado Victoria habría tenido–. Los hombres con los que te has acostado desde que se rompió nuestro matrimonio. Comparados conmigo, ¿cómo te hacían sentir? ¿Eran mejores? ¿Diferentes? ¿Estaban mejor dotados? ¿Se movían tan bien dentro de ti? ¿Te hacían llegar al clímax tantas veces como yo, Victoria?

–¡Basta! –se tapó los oídos con las manos y cerró los ojos. Cuando volvió a abrirlos, Alexei se encontraba muy cerca de ella, examinándola.

Victoria había sido capaz de llegar hasta allí después de haberse tragado el orgullo y ceder a sus principios sometiéndose a aquel horrible acuerdo. Seguramente, nada peor podía pasarle ya. A juzgar por la otra noche, el sexo podría ser magnífico. Si lograba superar la crudeza de sus palabras, podría superar con éxito la prueba. Tenía que hacerlo. Por el bien de Caroline y Thomas, pero también por el suyo propio.

«Lucha contra él», se dijo a sí misma». Lucha contra él y hazlo en su mismo territorio. No tienes nada que perder».

–¿Y qué me dices de ti? Todas las mujeres que ha habido después de mí, ¿te satisficieron tanto? ¿Fue igual de bueno con ellas?

–¿Realmente quieres que te lo diga?

Rápidamente, se dirigió hacia la ventana para que, al mirar a través de ella, él no pudiera ver que las lágrimas estaban a punto de brotar de sus ojos.

–No –le respondió después de haber tomado fuerzas–. No quiero.

¿Iba a estar martirizándola toda la semana con sus imaginaciones? Y ella, ¿iba a permitírselo? Ya era suficientemente malo pensar que la había comprado durante una semana, pero tener que soportar sus estúpidos celos iba a ser mucho peor. Además, todas sus acusaciones eran infundadas.

Y, de repente, Victoria se sorprendió a sí misma.

–No ha habido ningún otro hombre, Alexei.

Alexei la miraba fijamente mientras trataba de asimilar sus palabras.

–¡Embustera!

–Te equivocas –respondió en tono desafiante–. Eres el único hombre con el que me he acostado. Fuiste el primero y mi único amante.

–¿Y qué me dices del hombre con quien te sorprendí?

–¡Sabes perfectamente que no sucedió nada con Jonathan!

–¿Jonathan? –se burló–. ¿Crees que estoy ciego? ¡Sé perfectamente lo que vi!

–Sé lo que pudo haberte parecido. Y lo siento –viendo que Alexei iba a hablar, Victoria alzó la mano para detenerlo–. Por favor, Alexei, déjame decirte esto. Necesito que sepas cómo ocurrió todo.

Tomó aire. Quería escoger las palabras cuidadosamente puesto que, al abrirle su corazón, quedaría en una posición de desventaja. Pero, aun así, tenía que intentarlo.

–Siempre estaba sola en Grecia.

–¿Y por eso saliste huyendo?

¿Lo había hecho? Era cierto que la relación no funcionaba, pero, como ahora reconocía, ella también había tenido su parte de culpa. Debería haberse quedado en Atenas. Deberían haber intentado solucionar las cosas entre ellos en vez de marcharse y ponerse en una situación comprometedora con otro hombre.

–Quizá sí –admitió–. Pero es que entonces no veía otra salida. Mi viaje a Inglaterra fue solo una escapada temporal para visitar a mi madre, pero se me fue de las manos. Te juro, Alexei, que jamás llegué a tener con Jonathan el tipo de relación íntima que piensas.

–¿Cómo puedes decirme eso? Sabes perfectamente cómo fue todo. Estabas compartiendo con él la intimidad que solo debía estar reservada para mí –dijo con voz obstinada–. Además, ¿por qué no me dijiste nada entonces?

–Porque te marchaste y decidiste no contestar a mis llamadas. Todas mis cartas me eran devueltas sin abrir. Intenté una y otra vez ponerme en contacto contigo –lo miró con dulzura–. ¿O vas ahora a negármelo?

Hubo un largo silencio.

–No –confesó.

Él siempre la había creído culpable. De hecho, aún le costaba creer que un hombre pudiera vivir con su preciosa mujer y no querer acostarse con ella. Pero entonces era joven y apasionado y, para cuando se hubo calmado lo suficiente como para poder escuchar una explicación, sus llamadas habían cesado. Parecía que se había cansado y, en cierta manera, Alexei tomó aquello como una admisión de su culpa.

O al menos eso era lo que él había querido creer, ya que su orgullo le impedía tomar un avión e ir a hablar con ella. El dolor y la confusión habían hecho mella en un hombre que siempre se había considerado fuerte.

Victoria agitó la cabeza.

–Pero bueno, ¿qué sentido tiene ahora analizar todo eso? –se preguntó con amargura–. Eso ya forma parte del pasado. Se acabó. Es agua pasada –dijo sintiendo que una ola de tristeza se apoderaba de ella.

Alexei suspiró. ¿Acaso creía que aquello iba a resultarle fácil? ¿Tan fácil como anoche cuando la había estrechado entre sus brazos reivindicando lo que era realmente suyo? Y ahora se lo había puesto aún más difícil. Victoria tenía los ojos vidriosos y su rostro reflejaba dolor, pero él decidió ignorar a su mente y su corazón y centrarse en su apetito sexual. Quizá así todo fuera mejor. Sin explicaciones, sin recuerdos, solo...

–Ven aquí –le ordenó suavemente.

Poder. Siempre igual. «No me obligues. Por favor, no lo hagas».

–Alexei...

–He dicho que vengas aquí –le repitió dulcemente.

–No puedo moverme –y era cierto. Se había quedado petrificada.

Alexei también lo estaba, pero debido a su excitación sexual. Y su intensidad le asustaba. Sabía que tenía que ser él quien hiciera algo para poder salir de aquel punto muerto al que habían llegado.

–¿Quieres que juguemos?

Aunque viera el tormento reflejado en el rostro de Alexei, Victoria sabía que se trataba de frustración sexual. Cada vez que se viera expuesta a compartir algún momento íntimo con Alexei, correría el riesgo de resultar herida. ¿Había pensado que después de admitir que no había tenido ningún otro amante excepto él, Alexei mostraría algo de piedad hacia ella? ¿Creía que iba a dejarla marchar sin pagar por ello? Porque si lo había hecho, había cometido un grave error.

–¿Estas loco? ¡Todo esto es un gran juego, Alexei! Pero claro, ¿es así como tú acostumbras a vivir Alexei? ¿En un mundo irreal lleno de juegos y negociaciones?

Sin apenas tener intención de hacerlo, Alexei alzó de repente los dedos para acariciar su suave rostro.

–Esto es mucho más real que la tierra que ahora tengo bajo mis pies.

Aquellas inesperadas palabras cautivaron a Victoria. De hecho, apenas podía respirar cuando las manos de Alexei le rodearon la cintura para alzarla hacia él como si ella estuviera hecha de algodón. Y eso también le pareció irresistible, ya que ella no era nada frágil y que un hombre le hiciera sentir así era extraordinario.

Si existía algún rincón de su mente que le advertía que todo aquello tenía que ver con el control, Victoria, desde luego, lo ignoró.

Él ansiaba besarla, pero hacerlo no le parecía apropiado. De hecho, ella lo había evitado antes. Pero tenía que romper el hielo y cumplir con lo acordado sin mayor dilación.

–Victoria –le dijo suavemente entrelazando sus dedos con los de ella–. Ven.

La condujo hasta el dormitorio como si se tratara de un corderito a punto de ser sacrificado. Sin embargo, el latido de su corazón y la excitación que sentía reflejaban que ella no podía ser hipócrita. Todo aquello podía ser una locura, pero ella deseaba tanto a Alexei como él mismo mostraba desearla a ella.

–Mira qué hermosa ciudad –le susurró señalando hacia la ventana–. Mi ciudad.

Victoria contempló el paisaje aliviada por haberse librado por un momento de su tacto. Aunque, en realidad, lo que la aliviaba era poder volver a recuperar el control de sus emociones.

–¿Vamos a quedarnos aquí? –preguntó ella.

–Sí, al menos durante un par de horas –fue su respuesta.

Victoria se humedeció los labios.

–No era eso a lo que me refería.

–Lo sé. Quieres algo así como un plan detallado de lo que va a ser esta semana, ¿verdad?

–Más o menos. Para hacerme una idea.

–He pensado que, quizá, podíamos variar un poco.

Alexei se puso detrás de ella y empezó a besarle la nuca mientras con sus manos le acariciaba los pechos.

–Te gusta la variedad, ¿verdad, Victoria?

–¡Alexei! –ella se encogió de hombros y cerró los ojos.

–Entonces, ¿qué te parece si esta noche vamos a cenar a algún sitio diferente?

–¿Adónde?

–¿A París?

–¿París?

–*Ne*. ¿Por qué no? Prefiero un sitio lejos de mi ciudad, un sitio en el que pueda desinhibirme.

Aquella insinuación estuvo acompañada de una sacudida de su pelvis contra su trasero y Victoria no pudo más que gritar su nombre.

–¡Alexei!

–No te gustaría que me sintiera cohibido, ¿verdad, Victoria?

Sinceramente, Victoria se sentía tan aturdida, que si Alexei le hubiera propuesto Atenas también habría accedido. Lo que fuera con tal de que no dejara de tocarle donde lo estaba haciendo. Sin embargo, sus dedos se detuvieron a la espera de una respuesta. Y aunque Victoria sabía que había una parte de ella que desdeñaba la facilidad con la que él podía seducirla, también sabía que su cuerpo no le permitiría resistirse.

–No –contestó con voz agitada–. Por supuesto que no me gustaría.

Alexei estuvo a punto de dejarse llevar por un arrebato de ansia y poder, pero esa vez estaba a decidido a mantener el control. La noche anterior había satisfecho su ansia con apetito voraz y eso le había demostrado que Victoria aún ejercía poder sobre él. Y aquello era peligroso. Muy peligroso.

Así que hoy se lo tomaría con más calma. La volvería loca de deseo, pero la haría esperar hasta el final mientras él disfrutaba de aquel festín.

–Cuando estemos allí tendré que hacer varias visitas. Tú mientras tanto puedes ir de compras –le sonrió con benevolencia–. París es el mejor sitio para comprar ropa. O al menos eso me han dicho. ¿Es eso cierto?

Victoria quiso preguntarle quién se lo había dicho, pero sospechó que la respuesta le haría daño. ¿Por qué demonios sentía celos de un hombre del que quería divorciarse?

–No lo sé –respondió con frialdad.

–Entonces tendrás que permitirme que te eduque en lo que a moda se refiere –fue su respuesta.

Si su intención había sido restregarle el hecho de que él le estaba pagando y que ella se había dejado comprar, lo había conseguido. Si no hubiera sido por las deudas y la promesa que le había hecho a su mejor amiga, se habría apartado inmediatamente de él a pesar de lo mucho que su cuerpo protestara en contra.

Alexei no solo vivía en un mundo diferente. Era tan rico, que más bien parecía vivir en un universo paralelo. Pero, en cierta forma, identificar las diferencias que había entre ellos le hacía a ella estar segura de que lo suyo jamás habría funcionado.

–Eres muy amable –le dijo irónicamente.

Él sonrió.

–¿Verdad que sí?

Deslizando los dedos por la blancura de su piel, Alexei bajó la cremallera del vestido de Victoria y este cayó a sus pies. Pronto estaría luciendo prendas más acordes con su belleza. Pronto podría ofrecerle todos los vestidos de firma de las mejores boutiques de París. Y la seduciría con ellos. No tenía ningún reparo en admitirlo.

Después podría quedárselos y llevárselos a Inglaterra, pero allí, con ellos, estaría totalmente fuera de lugar. No le importaba. Lo que él quería era que los conservara como recuerdo de la riqueza de un mundo en el que ella había podido vivir y había elegido abandonar. Así podría ver por sí misma lo tonta que había sido.

Pero sus pensamientos solo aumentaban su deseo.

–Ven a la cama –le dijo.

Con una sonrisa de anticipación, agarró el cuerpo semidesnudo de su mujer y lo condujo hasta la cama de matrimonio.

Capítulo 8

VICTORIA nunca había llegado a disfrutar verdaderamente de la riqueza de Alexei. En el pasado, no era él quien se encargaba de gestionar el imperio Christou, pero ahora sí. Pronto fue consciente de que él se había convertido en una persona muy importante con un papel fundamental en el mundo de los negocios.

Manejaba su flota de aviones como cualquier crío pequeño que guarda sus coches de juguetes en un garaje. Tenía un avión grande destinado para los viajes transatlánticos, varios helicópteros y un avión más pequeño que podía aterrizar en las estrechas pistas de Aspen y en los aeropuertos privados de toda Europa.

De repente, le pareció estar viendo una faceta diferente del hombre con quien se había casado. Cuando contrajeron matrimonio, él acababa de terminar sus estudios y fueron a vivir a casa de sus padres. Su fortuna había estado en un segundo plano.

Pero ahora, ¡vaya! Las cosas habían cambiado. Y mucho.

Volaron hasta París donde había un coche esperándolos para llevarlos a uno de los hoteles más famosos de la capital francesa.

–¿No tienes tu propio apartamento en París? –le preguntó Victoria sorprendida mientras caminaban por la suntuosa recepción del hotel.

Alexei se preguntó si Victoria estaría haciendo inventario para reclamarle una parte mayor de su fortuna.

–Naturalmente –respondió–, pero en esta ocasión prefiero el anonimato de un hotel.

El hotel estaba situado en los Campos Elíseos. A pesar de lo discreto de su exterior, el interior era bastante lujoso. Su suite era enorme, pero solo era un poco más grande que la que habían tenido en Atenas.

Victoria esperaba que Alexei le hubiera quitado la ropa enseguida. De hecho, no tenía sentido negar que le deseaba más que ninguna otra cosa. Pero, sin embargo, al entrar en la habitación se quitó la chaqueta, se aflojó el nudo de la corbata y sacó el teléfono móvil.

–Primero tengo que hacer un par de llamadas –le explicó y, al ver la expresión de su cara, se encogió de hombros y contestó a la pregunta que ella ni siquiera había llegado a pronunciar–. No, no puedo dejarlo para más tarde –le sonrió con dulzura; su voz era aterciopelada–. Lo he dispuesto todo para que te trajeran un vestido para salir a cenar esta noche. Podrás ir de compras mañana –le dijo con cierto brillo en los ojos–. Ve y enséñamelo cuando te lo hayas puesto –añadió dirigiéndose hacia el dormitorio en el mismo instante en que alguien llamaba a la puerta. Se dio la vuelta–. Y no tardes.

Victoria se sintió como una niña pequeña a quien le dicen que se dé prisa y se vista. Nadie jamás le había encargado un vestido especialmente para ella y eso la hacía sentirse incómoda. Pero la estilista hablaba inglés con un adorable acento francés además de ser muy amable y diplomática.

–Le he traído algo que creo que le gustará mucho al señor Christou –le dedicó una sonrisa de complicidad mientras le mostraba cuidadosamente el vestido y empezaba a desenvolver, de entre papeles de seda, lo que parecía ser lencería fina–. Creo que este modelo será *parfait pour ce soir, mademoiselle*. ¿Quiere probárselo para que pueda comprobar su talla?

Victoria sonrió a la estilista, diciéndose a sí misma que aquella mujer solo estaba haciendo su trabajo. Contempló el vestido. Era de color rojo brillante y muy extravagante, de un color y un estilo que ella jamás habría elegido. Sobre la cama había lencería a juego: un escandaloso sostén, un diminuto tanga y un liguero.

Victoria supuso que habría mujeres a quienes les encantaría todo eso, pero a ella le parecía vergonzoso. Victoria se preguntó si la estilista proporcionaría a Alexei aquel tipo de servicio regularmente. Mientras tanto, empezó a desnudarse para probarse el vestido rojo de encaje.

Vestida con aquel atuendo parecía que estaba buscando clientes en Pigalle.

Entró en el dormitorio tambaleándose sobre aquellos tacones de aguja de color rojo y Alexei, que estaba hablando animosamente por su teléfono móvil, se giró. Al ver la expresión de Victoria sonrió de satisfacción. Inmediatamente se despidió y cortó la comunicación.

Había algo en sus oscuros ojos que Victoria no

reconocía, algo que no le gustaba. Un trato como el que habían hecho de tener sexo a cambio de dinero cuando el sexo era estupendo no estaba tan mal. Y necesitaba urgentemente el dinero para su amiga. Además, se trataba de tener sexo con tu ex, no con un extraño.

¿Pero por qué entonces se sentía ahora tan sucia? ¿Tan barata? ¿Por qué tenía la sensación de que se había vendido? Pues porque lo había hecho. Y porque la cruda realidad no tenía nada que ver con sus sueños. Ser su amante le estaba dejando un mal sabor de boca. De repente, tuvo ganas de ser su esposa otra vez.

–¿Victoria? –le preguntó–. ¿Qué te pasa?

Frustrada y furiosa, se quitó uno de los zapatos de tacón y lo lanzó contra la pared.

Desconcertado, Alexei vio cómo le seguía el otro zapato. Después, Victoria agarró la cremallera y la desabrochó, dejando que el vestido se deslizara por su delicioso cuerpo. Una vez estuvo a sus pies, lo recogió del suelo y se lo lanzó a Alexei.

Él lo atrapó en el aire y lo sostuvo frente a ella como el capote de un torero.

–Como striptease deja mucho que desear –comentó irónicamente.

–Nada más lejos de mi intención.

–¿Acaso no te gusta el color?

–¡Lo odio! ¡Me hace parecer una fulana!

Pero Alexei agitó la cabeza, soltó el vestido sobre la cama y se acercó a ella sigilosamente.

–Al contrario, te hace extremadamente bella. Con él pareces toda una mujer. Una mujer vestida tal y como debería vestir. Con la ropa más cara que el dinero puede comprar.

A Victoria le enfermaba todo aquello. La disparidad existente entre sus mundos era algo más que perturbadora. Ella se sentía mucho mejor con su ropa aunque fuera barata.

–Con lo que cuesta este vestido puede comer una familia de cuatro miembros durante un mes.

–Puede ser, pero el placer que me produce verte con él tiene un valor incalculable –le susurró tomándola entre sus brazos y besándole el cuello–. ¿Acaso eso no hace que merezca la pena?

Victoria cerró los ojos.

–Alexei, ¡basta!

Él deslizó la manos entre sus muslos.

–Sabes que te gusta –murmuró.

–Hay una mujer esperando pacientemente al otro lado de la puerta.

–Pues deja que espere –dijo con arrogancia.

–¡No!

–¡Sí!

Posó su boca sobre la de ella y la besó apasionadamente hasta hacer que se derritiera y desistiera de oponer resistencia a su poder.

Por un momento Victoria vaciló. El movimiento de sus expertas manos le estaba haciendo estremecerse. El deseo se había apoderado de ella, pero con un esfuerzo sobrehumano, se apartó de la suavidad de sus caricias y, con la respiración entrecortada y las pupilas dilatadas, lo miró fijamente negando con la cabeza.

–¡No! –repitió.

–No hablas en serio –protestó Alexei, preguntándose si sabía lo espléndida que estaba mostrando aquella actitud desafiante y luciendo, de la forma más sexy que jamás había visto hacerlo a otra mujer, aquella sorprendente lencería. ¿Era ella la misma chiquilla tímida con la que se había casado? ¿Era ella la mujer a quien había arrebatado su virginidad?

–¡Oh, sí! ¡Claro que sí! No voy a dejar a esa pobre mujer esperando mientras nosotros...

–Le diré que se vaya.

–No lo harás.

–Haré lo que me dé la gana.

–No si quieres mi cooperación.

–Tenemos un trato –le aclaró.

–Que no incluye poner en una situación embarazosa a alguien que está trabajando.

–Se supone que tú también deberías estar haciendo tu trabajo. ¡Eres mi amante!

–Y mientras no haya una sentencia definitiva, también sigo siendo tu mujer. Y como tal merezco un respeto. Así que más te vale mostrármelo.

Ambos guardaron silencio por un momento, pero, de repente, Alexei comenzó a sonreír.

–Ciertamente, aún sigues siendo mi mujer –admitió resistiéndose al deseo–. Pero, dime, ¿qué es lo que realmente te molesta? ¿Que la ropa sea cara o que alguien haya elegido por ti? ¿O quizá sean ambas cosas?

Alexei vio cómo ella dudaba y supo que de nuevo se encontraba en la posición de tener que aplacar el genio de su mujer. Pero, ¿por qué iba a molestarse en hacerlo cuando, por derecho propio, podía chascar los dedos y exigir que le diera lo que realmente necesitaba?

Porque, de repente, se dio cuenta de que no quería aplacar su genio. Quería que siguiera siendo Victoria. La Victoria testaruda, fuerte, exasperante y a la vez cautivadora.

¿No sería más sensato hacer que se relajara? Alexei tomó aire mientras pensando que aquello haría que ella fuera más dócil. Y de repente sintió que el corazón le daba un brinco. Sentía la necesidad imperiosa de verla sonreír.

–¿Qué te parece si, mañana por la mañana, te doy una de mis tarjetas de crédito para que vayas de compras?

Victoria sabía que le estaba haciendo aquel ofrecimiento en son de paz, pero lo que él no sabía era que aquello la ofendía. Para ella solo era una tarjeta de plástico aunque él probablemente pensara que era el regalo más maravilloso que podía hacerle a una mujer.

–¿Tanto confías en mí como para dejarme tu tarjeta de crédito?

–No te aconsejaría que despilfarraras –le dijo con cierto tono de humor.

Victoria contemplaba la sensualidad de las líneas de su boca. Las mismas que pronto estarían besando las partes más íntimas de su cuerpo. Al pensar en ello, Victoria sintió los primeros síntomas de excitación en su cuerpo.

–¿Cuántas prendas crees que podré lucir en una semana?

–Ahí está la ironía del asunto –dijo encogiéndose de hombros–. Cuanta menos ropa utilices mejor, *agapi mu*. De eso se trata.

Al menos la obviedad de las palabras de Alexei la hizo volver a la realidad. Su corazón empezaba a asimilar que aquel acuerdo solo era algo temporal. ¿Por qué entonces parecía estar contando las horas como si fuese una mujer encarcelada? Era una amarga verdad que fuera tan fácil acostumbrarse a la cara del hombre al que una vez habías amado?

«¿Y al que aún amas?», le dijo la voz de su conciencia.

No. El deseo no tenía nada que ver con el amor.

Dejó a un lado aquellos pensamientos y le lanzó una sonrisa evasiva.

–¿Entonces por qué perder el tiempo comprando ropa?

–Para que yo pueda quitártela –murmuró consciente de que sus palabras la habían herido.

Deseó entonces haber podido evitarlo. Y deseó mucho más. Por un momento quiso soltar las horquillas que sujetaban su dorada cabellera para hundir su cara en la espesura de su pelo y poder borrar así el pasado como si nada hubiera pasado.

Pero entonces se obligó a recordar la razón por la que ambos se encontraban a solas en la habitación de un hotel de París.

Ella quería dinero y él quería sexo.

Oferta y demanda.

Simplemente.

Dejó que su mirada deambulara lentamente sobre su cuerpo como si se hubiera tratado de cualquier otra mujer. Lo estaba haciendo de una forma totalmente provocativa y sensual. Y él lo sabía. Pero cuando una mujer vendía su sexualidad perdía todo el respeto que pudiera merecer ya fuera su esposa o no.

–¿Por qué no vas a despedirte de la estilista y vuelves luego para que podamos terminar con esto?

Alexei deslizó suavemente un dedo sobre uno de los pezones atrapados bajo el sostén de encaje y pudo sentir cómo se excitaba. Como respuesta, los labios de Victoria se separaron instintivamente incitando ser besados. Cualquier hombre podría haberse perdido en una mirada como aquella, pero, haciendo un esfuerzo sobrehumano, Alexei se giró mientras sentía que el poder de haberse resistido a aquel beso era un acto casi sexual en sí mismo.

–De hecho –volvió a girarse para mirar el vestido rojo–, como parece ser que no vas a tener nada que ponerte esta noche, sugiero que llamemos al servicio de habitaciones y pasemos aquí la velada –añadió acariciándole el trasero.

Victoria sentía ganas de decirle que no jugara con ella como si se tratara de una marioneta, pero la vulnerabilidad que albergaba en su interior la asustaba más que el poder sexual que él ejercía sobre ella. Se sentía atraída hacia él física y emocionalmente, pero lo cierto era que se sentía más viva de lo que lo había estado en años.

¿Qué diría Alexei si le dijera que deseaba poner fin a su acuerdo y marcharse de allí en ese mismo instante?

Diría que estaba mintiendo.

Y, por supuesto, tendría razón.

Capítulo 9

VAMOS a pasar nuestros últimos dos días aquí? –preguntó Victoria con total tranquilidad mientras acariciaba uno de los brazos de Alexei.

Estaban tumbados en la cama contemplando el paisaje florentino. Alexei estaba relajado, se sentía en paz y se giró para mirar a Victoria y admirar lo joven que parecía. Se la veía casi tan joven como cuando la conoció. Y así era como más le gustaba, al natural. Incluso la ropa tan elegante que tanto había insistido en comprarle no podía compararse con su encanto natural. Aquellos ojos azules y la perfección de su piel ni siquiera necesitaban maquillaje para resaltarlos y su pelo era mucho más bonito cuando caía suelto y enmarañado.

Le resultaba patético, pero a la vez conmovedor que, después del orgasmo cuando sus sentidos aún estaban adormecidos pero a flor de piel, su mente le jugara malas pasadas. Los recuerdos del pasado le torturaban pero también le confirmaban que las cosas jamás podrían volver a ser iguales. Incluso aunque pudieran serlo, él no quería. Alexei cerró los ojos. Por su puesto que no quería.

Pero las cosas podían llegar a verse de forma diferente. Era como si hubiera abierto los ojos y hubiera visto que la vida que lo rodeaba estaba en constante movimiento haciendo que incluso el pasado más reciente tuviera el poder de transformar los acontecimientos.

Recordó la tensión que hubo entre ellos en París después de que la estilista se hubiera marchado y recordó el resentimiento de Victoria ante la actitud que había mostrado hacia ella. Después, mientras ambos se dejaban llevar por el deseo, se fueron a la cama e hicieron el amor de forma salvaje. Parecía ser otro encuentro apasionado pero carente de toda emoción. Sin embargo cuando ambos se miraron fijamente a los ojos...

Había sucedido algo, ¿pero qué?

Parecía que había tenido lugar una de esas extrañas distorsiones temporales en las que el pasado y el futuro se disuelven en el presente. Aquella noche, habían unido sus cuerpos dejando a un lado la amargura y las discusiones, estrechándose con dulzura y cariño. Alexei casi se había quedado sin respiración. Era como si jamás hubieran estado separados. Como si el tiempo no hubiera pasado. Ella lo había besado y él había correspondido a sus besos. Y aquello le había desconcertado porque le hacía sentir cosas que no quería ni esperaba sentir.

Él era un hombre muy poco sentimental y nada propenso a la introspección por lo que aquello le inquietaba sobre manera. Pero eso fue hasta que recordó que su forma de hacer el amor siempre había sido sensacional. Lo que había entre ellos era una poderosa química sexual. Nada más. Y eso había ayudado a superar su extraña sensación de desasosiego. Pero en aquel momento ella lo había echado todo a perder.

–¿Nuestros últimos dos días? –repitió despacio como si estuviera pronunciando su sentencia de muerte.

–Bueno, sí. Acordamos que esto duraría una semana, ¿recuerdas? Y la semana está a punto de acabar.

Su acuerdo. Alexei hizo un gesto de desprecio, pero quería que ella le recordara el dinero para no olvidar lo que ella estaba dispuesta a hacer para conseguirlo. Así le resultaría más fácil admitir que, en realidad, se había olvidado del maldito trato.

–Así es –murmuró, echándose a un lado dejando al descubierto su poderosa musculatura de su bronceado cuerpo y el innegable indicio de su excitación–. ¿Quieres que nos quedemos aquí en Florencia o prefieres que vayamos a Barcelona? Como prefieras. También podemos volver a Atenas…

Tener que elegir entre tantas ciudades desconcertó a Victoria, quién, de repente, se sorprendió al darse cuenta de que lo que quería era regresar a Atenas a pesar de que todo lo relacionado con Grecia le hiciera sentir nostalgia.

«Tienes que hacerle frente», pensó. «Pronto volverás a Inglaterra siendo una mujer mucho más rica y más sabia. Una mujer decidida a dejar atrás todo lo que una vez le unió a Alexei».

–Volvamos a Atenas –dijo suavemente deslizando sus manos entre los muslos de él, contenta de que Alexei cerrara los ojos y evitara así contemplar el dolor que reflejaba su rostro.

El avión despegó poco después de amanecer y ambos regresaron a la gran torre acristalada situada entre jardines repletos de plantas exóticas. Mientras subían en el ascensor que conducía hasta su ático, Alexei aprovechó para besarla en el cuello e introducir la mano por debajo de su falda hasta hacerla gritar de placer ante sus expertas caricias.

Cuando Alexei abrió la puerta, ambos se apresuraron a abalanzarse el uno sobre el otro como si fueran dos personas que no tenían un segundo que perder. Primero, la tomó en el suelo y después la llevó hasta el jacuzzi para hacerle el amor entre las suaves y cálidas burbujas hasta que Victoria gritó de placer y de la maravillosa sensación que la embargaba al ver que todo era perfecto.

Después, nadaron en la piscina privada, pidieron el almuerzo al servicio de habitaciones y más tarde disfrutaron de lo que Victoria podía denominar un menú degustación de las artes amatorias de Alexei.

Sin embargo, cuando estaban cenando y bebiendo champán, Victoria sintió el corazón apesadumbrado. Contemplaba en silencio los limoneros que adornaban la terraza del restaurante mientras se preguntaba cómo quedarían las cosas entre ellos. ¿Discutirían por la cantidad de dinero que él le debía? ¿O acaso se comportaría como un caballero y le extendería un generoso cheque? ¿Y cómo se sentiría ella en aquel momento?

Victoria suspiró. Al principio no le había resultado difícil aceptar aquella negociación, pero ahora el dinero parecía estar fuera de lugar. Había ido demasiado lejos, más de lo que un principio había previsto, y había traspasado una línea de la que no sabía si había marcha atrás.

Alexei vio la confusión que reflejaba su rostro

y se preguntó si su mente le estaba jugando las mismas malas pasadas que a él. Le acarició suavemente el rostro y, de repente, quiso más.

Le agarró el rostro con las manos y la miró fijamente durante un buen rato. Sus ojos parecieron hacerle todo tipo de preguntas antes de que se inclinara y la besara. Empezó a acariciarle suavemente los labios hasta que Victoria le correspondió abriendo los suyos. Entonces, ella le rodeó el cuello con sus brazos y lo besó apasionadamente. Alexei percibió en su boca el sabor del vino y del chocolate, pudo oír sus pequeños gemidos de placer y sentir la suavidad de sus pechos contra él.

Como si todo aquello formara parte de un sueño, Alexei se colocó encima de ella pidiéndole, y recibiendo en silencio, su consentimiento mientras que ella separaba las piernas ofreciéndole poseerla de una sola y deliciosa embestida.

Alexei se estremeció al penetrarla y ver cómo sus pupilas se dilataban de placer. Gimió queriendo prolongar su gozo, pero no se atrevió a hacerlo. Porque algo intangible se había colado entre ellos.

No habían hecho el amor de aquella forma en años.

–¿Alexei? –pronunció su nombre con voz temblorosa porque sus besos y sus caricias le recordaban las que le dedicaba antaño.

–*Kesero* –murmuró con voz vacilante.

Victoria sabía que aquello significaba «Lo sé». Era como si Alexei entendiera pero, ¿estaría experimentando lo mismo que ella? Se suponía que aquello no debía suceder, de hecho, tal y como intentaba convencerse a sí misma, aquello no estaba sucediendo. Todo estaba en su poderosa imaginación, pero aquellas oleadas de placer eran, sin embargo, reales.

Victoria podía sentir el calor húmedo de su cuerpo mientras se movía dentro de ella y la presión de sus fuertes caderas contra las suyas. Su cuerpo se arqueó y le acarició el trasero. El placer había crecido hasta llegar a un punto casi insoportable. Por fin, se dejó llevar y alcanzó el clímax en perfecta sintonía con Alexei.

Alexei contempló las sombras que jugaban en el rostro de Victoria y el brillo de sus ojos mientras ella sonreía. Entonces supo que no había tenido bastante.

–No quiero que esto termine, Victoria.

–Pero se acaba, ¿no es así, Alexei?

–Pero, ¿por qué? No hay nada que nos impida continuar de esta forma... Porque así es perfecto. Sin falsas esperanzas y, por lo tanto, sin decepciones. De esta forma todo resulta simple. De esta forma nadie resulta herido ni se incumplen las promesas.

Victoria frunció el ceño.

–¿Continuar de esta manera? –repitió despacio–. ¿Cómo exactamente?

Sus ojos negros brillaban como si fuesen dos trozos de azabache.

–Quédate.

Ella esperó.

–Y sé mi amante.

A pesar de que pudo mantener firme la expresión de su rostro, el corazón le dio un vuelco. Así que esa era su oferta. Más de lo mismo. Una simple extensión de aquel contrato insultante. ¿Tenía idea de lo mucho que le dolía? Sin embargo, a pesar de que le hiciera daño, la idea de separarse de él le causaba tanto dolor, que incluso estaba dispuesta a considerarlo.

Pero su oferta la hacía sentir como si fuera mercancía. Quizá esa era la intención de Alexei. Lo había hecho anteriormente y lo estaba volviendo a hacer. Pretendía recordarle cuál era su papel en su vida.

Pero lo quería, siempre lo había hecho y siempre lo haría a menos que el tiempo viniera en su auxilio, cosa que probablemente sucedería. Ser su amante durante una semana no era suficiente para saciar la atracción sexual que existía entre ellos.

Quizá si se quedara, ambos podrían llegar a colmar sus ansias. Pero, en realidad, solo estaba buscando excusas para enmascarar la verdadera razón por la que quería quedarse. Lo amaba.

Pero admitirlo le dolía. Mucho más cuando él le había hecho tanto daño. Así que decidió que ella también quería hacerle sufrir y comprobar si había algo de vulnerabilidad corriendo por sus venas. Lo miró fijamente.

–¿Cuánto tiempo tienes en mente? –le preguntó y vio cómo la inconfundible sensación de triunfo se reflejaba en los labios de Alexei.

–Podemos fijarlo en... –se encogió de hombros–. ¿Un mes?

Victoria asintió.

–Muy bien. Continuaré siendo tu amante, Alexei –le dijo suavemente, pero cuando vio que su expresión empezaba a relajarse, le propinó un golpe de efecto–. Pero jamás volveré a ser tu esposa.

Se hizo el silencio entre ellos. Victoria había herido su orgullo y la posibilidad de que ella lo rechazara lo estaba atormentando.

–No recuerdo haberte pedido que fueras mi esposa otra vez. Pero, ya que lo dices, ¿por qué demonios no te gustaría volver a serlo?

Victoria vio cómo la ira inflamaba sus ojos, pero sabía que no podía salir huyendo.

Tarde o temprano, tenía que decírselo. Ambos necesitaban enfrentarse al pasado por muy doloroso que les resultara y fueran cuales fueren las consecuencias.

–Nuestro matrimonio fue un desastre, Alexei. Y lo sabes.

–Y me echas a mí la culpa, ¿no es así?

Ella lo miró fijamente.

–Simplemente intento decirte cómo fue. Quizá hubiera sido diferente si no hubiera tenido que pasar tanto tiempo sola. Me sentía muy sola y todo parecía ir a peor.

–¿Cómo demonios podías sentirte sola? ¡Tenías a mis padres! ¡A mis hermanas! ¡Estabas rodeada de gente!

–Gente que no veía con buenos ojos nuestro matrimonio. Sobre todo tu madre.

–Eras muy joven, extranjera y encima pobre, ¿qué esperabas que pensara? Mi familia solo quería lo mejor para mí. Estoy seguro de que puedes entender que, en un primer momento, mi madre no estuviera emocionada con la idea de haberme casado.

Su sinceridad la dejó pasmada. ¡Estaba reconociendo la desaprobación de su madre hacia su esposa! Nada había cambiado. Ella aún seguía siendo aquella muchacha. Aún era inadecuada. Aún incapaz de pronunciar una sola palabra en griego. Así que, aunque accediera a seguir siendo su amante, no había para ella esperanzas de compartir un feliz futuro junto a él.

–Sin embargo, en vez de apoyarme e intentar convencer a tus padres de que podía ser una buena esposa, elegiste no hacer nada. Te marchaste y me dejaste en Atenas mientras tu recorrías el mundo.

–¡Lo hice por nosotros! –declaró furioso–. ¡*Theos*, Victoria, estaba haciéndome un lugar en el mundo de los negocios! ¡No eran unas vacaciones pagadas!

–Me sentí abandonada en un mundo en el que no encajaba mientras todos mis amigos se lo estaban pasando en grande en la universidad. Ahora, mirando hacia atrás, todo parece más razonable e incluso llevadero, pero entonces me resultó insoportable –Victoria se encogió de hombros–. Era, como tú bien dices, muy joven.

Alexei, frustrado, agitó la cabeza.

–No puedo creer que hayas sacado este tema cuando ya no tiene la menor importancia.

–¿Eso crees?

–Así es. He sido más que generoso en mi oferta de convertirte en mi amante. Una oferta que haría que cualquier mujer de Atenas te envidiara. Estaba dispuesto a perdonarte por el comportamiento indiscreto que tuviste cuando aún eras mi mujer. Incluso estaba dispuesto a perdonarte por haberte atrevido a criticar a mi familia, pero, aun así, lo único que tú me das a cambio es tu ingratitud.

–¿Ingratitud?

–*¡Ne!* ¿Por qué no te paras a pensarlo un momento? Como te he dicho, la razón por la que viajaba tanto no era solo para abrirme camino en el mundo de los negocios, sino para poder comprar nuestra propia casa. Jamás se te había ocurrido, ¿verdad?

–Y tu jamás te pusiste en mi lugar, ¿verdad, Alexei? Tú solo esperabas que me hiciera un hueco en un mundo en el que tú me habías colocado como si fuera un mueble.

–¡Eres imposible!

–¡Solo estoy tratando de explicarte cómo me sentía!

–¿Acaso crees que los matrimonios no tienen momentos de crisis?

–Desde luego, el nuestro nunca salió de ella. ¡Te mostrabas tan distante, Alexei! Me sentía en el último lugar de tu lista de prioridades.

–¡Eras demasiado exigente! Estaba empezando a saber cómo hacer negocios y tenía que ganarme el respeto de todas aquellas personas que estaban deseando ver fracasar al hijo del jefe. Cuando volvía a casa lo único que quería era desconectar.

Victoria negó con la cabeza. Se sentía herida y frustrada. ¿Acaso no veía cómo se había sentido? Obviamente no. Alexei no era un hombre a quien le interesaran las opiniones o los sentimientos de una mujer. Para él, el papel de una mujer era meramente decorativo y sexual y eso no iba con ella.

No tenía sentido seguir hablando del pasado. Ya no. Nada podía hacer ya que su relación fuera lo que debería haber sido.

Victoria suspiró.

–Podríamos permanecer aquí todo el día insultándonos, ¿verdad? Creo que, para hacernos un favor a ambos, es mejor que regrese a Inglaterra. Así que rechazo tu oferta de seguir siendo tu amante. De todas formas, muchas gracias, Alexei.

–¿Me estás rechazando? –preguntó sorprendido.

El instinto de supervivencia no le dejaba otra opción. Victoria podía ver que, al rechazarlo, había herido su orgullo y su ego, pero era lo mejor que podía hacer por su bien. Sin embargo, aquel momento no le causó ninguna felicidad. Sabía que era el momento del adiós. La puerta entre el pasado y el presente que siempre había permanecido semiabierta entre ellos estaba a punto de cerrarse de un portazo.

En cierta manera, ¿no lo había empeorado todo al haber viajado hasta Atenas? Al menos en todos aquellos años había aprendido a vivir sin él. Se había acostumbrado a una vida sin pasión, sin sexo, y ahora tendría que hacerlo de nuevo. La diferencia estaba en que ella era mayor ahora. Ya no tenía aquellos sueños de juventud en los que imaginaba que lo que sentía por Alexei podría sentirlo igualmente por otro hombre algún día. No lo haría, ahora lo sabía, y no estaba siendo pesimista, sino realista.

–Sí, te estoy rechazando –contestó con calma.

Alzó la barbilla como si estuviera en un cuarto rodeada de enemigos, pero el único enemigo que tenía contra ella era su instinto. El mismo que la incitaba a abalanzarse contra él y perderse entre sus brazos para rogarle que la besara, que la amara. Pero se contuvo.

–Vuelvo al Astronome. Mañana por la tarde volaré de vuelta a casa tal y como estaba previsto.

Hubo un momento de confusión en el que Alexei bien podría haberla detenido, pero algo le dijo que era una estupidez hacerlo. El mundo había dejado ser bello y se enfrentaba de nuevo a la cruda realidad.

–Muy bien –dijo Alexei con una voz tan fría como el hielo–. Haré que alguien se ocupe de reservarte un vuelo a Londres.

Capítulo 10

DESDE su despacho en la planta veintiuno en el edificio sede del imperio Christou, Alexei contemplaba el cielo azul cuando, de repente, frunció el ceño. Sus ojos negros siguieron el movimiento de un avión que se alejaba hacia un futuro desconocido.

No había podido pegar ojo la noche anterior. Quizá se había acostumbrado al calor que le proporcionaba el cuerpo de Victoria cuando yacía a su lado pero, además, aquella noche se la había pasado dándole vueltas a la última conversación que habían mantenido.

Al menos ese día regresaría a casa. Pronto volvería a Inglaterra, al lugar al que pertenecía. Y él podría retomar de nuevo su vida.

Se dio la vuelta y vio el café que se enfriaba sobre su escritorio. Junto a la taza y cerca de la prensa se encontraba una pequeña estatua en bronce de una ninfa que le había regalado su abuelo.

Pero no había ninguna fotografía.

Su escritorio no era como el de sus compañeros. Él no tenía el retrato de su esposa. Tampoco tenía fotografías de hermosos niños ni dibujos coloreados con ceras. Sin embargo, su agenda estaba repleta de citas y las posibilidades eran innumerables.

Entonces, ¿por qué se sentía tan vacío?

¿Por qué de repente se sentía tan solo?

Simplemente, porque lo estaba. Tenía toda la riqueza y el prestigio del mundo, pero eso mismo era lo que le hacía estar aislado y encerrado en su torre de oro.

¿Se habría sentido así Victoria cuando llegó allí por primera vez? Victoria se vio forzada a aceptar la situación sin tener otra alternativa. Cuando le resultó insoportable escapó hacia un lugar que le era familiar. Su propia casa. Su propio país, en el que las normas de comportamiento social eran totalmente diferentes. Allí las mujeres jóvenes comparten piso con hombres sin necesidad de tener más que una relación de amistad con ellos. Él se había enamorado y casado con una mujer perteneciente a aquel mundo y, aun así, la había rechazado por haber hecho algo que él consideraba incorrecto.

Por primera vez, Alexei reconoció que no había hecho nada para ayudar a Victoria a adaptarse a vivir en Grecia. Quizá, debido a su arrogancia, había esperado que Victoria soportara cualquier cosa ya que, para él, ya le había hecho un gran honor al casarse con ella.

Entonces, ¿iba a dejarla escapar otra vez?

Agarró el teléfono y pronunció algo en griego rápidamente. Enseguida oyó la suave voz de Victoria.

–¿Victoria?

–Hola, Alexei.

–¿Te apetece que comamos juntos?

Hubo una pausa.

–¿Para qué?

–Aún no hemos puesto fin a nuestra conversación.

–No tengo nada más que decirte al respecto.

–Entonces podemos cambiar de tema. Hablaremos de algo nuevo.

Victoria sonrió de mala gana.

–¿Y qué se supone que significa eso?

Alexei cerró los ojos.

–No quiero que te marches así.

«De hecho, no quiero que te vayas», pensó.

Victoria se dejó caer en uno de los sillones brocados de la habitación y permaneció con la mirada fija sobre la araña que colgaba del techo. ¿Así que quería decirle adiós de forma civilizada? Miró su reloj. Antes de tomar el vuelo con rumbo a Londres, tenía siete horas libres. ¿Qué otra cosa iba a hacer? ¿Quedarse allí sentada y repetirse a sí misma que no iba a llorar? ¿O salir y demostrarle al mundo, y sobre todo a él, que iba a poder sobrevivir perfectamente?

–¿Adónde vas a llevarme?

Aquella respuesta le pilló por sorpresa.

–Te llevaré al mejor restaurante de Atenas –le prometió–. Mandaré un coche a buscarte.

–No, no es necesario –dijo Victoria con total serenidad. Aquel era el inicio de su nueva vida, su vida sin Alexei, y ahora tenía que empezar a comportarse de nuevo como el resto de los mortales. Los días de chófer, suites de lujo y aviones privados habían llegado a su fin. Temía regresar a casa, pero lo que más miedo le daba no era echar de menos todos aquellos lujos, sino extrañar al hombre con el que una vez se había casado.

–Tomaré un taxi –dijo ella–. ¿Cuál es el nombre del restaurante?

–¿Por qué eres tan cabezota? –murmuró él–.

Está muy cerca de la oficina. ¿Tienes un bolígrafo para tomar nota?

Un empleado del hotel le advirtió del atasco que se formaba a la hora de comer, así que Victoria decidió salir con bastante antelación. De hecho, con demasiado tiempo, ya que llegó media hora antes de lo previsto.

El conductor del taxi la miró por encima del hombro mientras le pagaba. Después, salió del coche. Hacía un calor abrasador. Podría ir al restaurante y esperarle allí mientras se tomaba un refresco o...

La sede del imperio Christou se encontraba al final de la manzana. ¿No sería mejor ir hasta allí y darle una sorpresa a Alexei que sentarse sola en la mesa de un restaurante que no conocía?

Empezó a caminar hacia el rascacielos, pero el calor hizo que el corto paseo le pareciera sofocante. De hecho, pequeñas gotas de sudor habían aparecido sobre su frente.

Entró al edificio y, mientras una ráfaga de aire acondicionado le daba la bienvenida, aprovechó para retirarse el pelo de sus sonrojadas mejillas. En aquel instante se percató de que estaba siendo observada por la misma mujer morena que se encontraba en la recepción el día de su llegada.

La mujer no parecía ahora más simpática de lo que lo había sido aquel día. Si acaso lo contrario. Alexei debía hacerse un favor y contratar a alguien que se mostrara feliz por estar trabajando allí. Y ya que lo había, también podía elegir a alguien que no pareciera recién sacada de una revista de moda.

Mientras caminaba hacia el mostrador de recepción, se dio cuenta de que tenía las piernas pegajosas. Por el contrario, la recepcionista mantenía una apariencia fría como el hielo. Al dirigirse a Victoria, arqueó sus perfectamente bien depiladas cejas.

–¿Puedo ayudarla?

–*Kalimera sas* –saludó Victoria educadamente–. Me gustaría ver a *kyrios* Christou.

–¿Tiene cita?

Victoria frunció el ceño. ¿Acaso tenía la recepcionista mala memoria? ¡Habían tenido la misma conversación tan solo una semana antes!

–No, pero de todas formas, no creo que necesite una cita para ver a mi marido.

Hubo una pausa.

–Pensé que ya se estaba tramitando el divorcio.

–¿Perdón?

En aquella ocasión, la morena no esperó a responder ni un solo segundo.

–Están en trámites de separación, ¿no es así, *kyria* Christou? –repitió–. Así que él no es realmente su marido, ¿verdad?

Victoria estaba tan sorprendida que no pudo hablar por un momento. Pero solo por un momento.

–¿Cómo... cómo se atreves a hablarme de esa forma?

–Pero es la verdad, ¿no es cierto?

Victoria dudó, pero después se puso firme. ¿Por qué estaba manteniendo esa conversación con una de las empleadas de Alexei?

–No es asunto suyo.

–Me parece que sí lo es –respondió la recepcionista mirándola maliciosamente a los ojos–. Estamos teniendo una aventura, ¿sabe?

Victoria se rio.

–¡Será en sus sueños!

–Llevamos siendo amantes seis meses.

Aquel fue uno de esos momentos en el que el uno parece estar en mitad de una pesadilla y suplica despertarse. Pero ella se había dado cuenta de que no estaba soñando.

Victoria se agarró al mostrador de la recepción para mantenerse firme.

–No la creo –respondió con voz quebrada.

–Pues debería –la recepcionista entornó los ojos, pero no pudo ocultar el brillo malicioso de su mirada–. ¿Por qué iba a mentirle? El día que telefoneó, ¿recuerda? Yo estaba de rodillas frente a él, ya sabe, dándole placer cómo a él le gusta. ¿No se lo ha contado?

A Victoria empezó a nublársele la visión.

–No –respondió llevándose una mano a la boca, ya que tenía ganas de vomitar.

–Pues así fue. Usted le estaba pidiendo el divorcio y él le contestó que no tenía ninguna intención de concedérselo. Estoy segura de que debió notar que él parecía un poco... –sonrió mientras buscaba la palabra exacta que pudiera describirlo–, digamos, ¿distraído?

Victoria, que se sentía como un animal malherido, tenía ganas de llorar, pero por el contrario, apretó los puños contra el mostrador de mármol. La recepcionista la observaba implacable, probablemente quería ver su reacción. Así que, ahora, mantener su orgullo le parecía la cosa más importante del mundo.

Tragándose las palabras de aquella morena, se dio media vuelta y salió del edificio con la cabeza bien alta, rezando para mantener la compostura. Y lo hizo hasta que salió del edificio y el calor le asestó una bofetada.

Las lágrimas empezaron a caer por su cara. Empezó a correr, quería correr todo lo que pudiera, pero las sandalias de tacón que se había puesto para impresionar al hombre que amaba no se lo permitían. El hombre que aún la hacía arder de deseo. ¿Cómo era posible que pudiera querer a semejante bastardo? ¿Cómo podía amar a una persona tan insensible y cruel?

Quizá tendría que agradecer a la recepcionista el haberle abierto los ojos.

De alguna forma fue capaz de conseguir un taxi que la llevara de vuelta al Astronome. Sabía que tenía que salir de aquel lugar antes de que el corazón se le hiciera pedazos. Lo único que necesitaba era el pasaporte. Las pocas prendas que le pertenecían estaban ahora cargadas de recuerdos imborrables, pero ni siquiera soportaba tocar las otras que Alexei le había comprado.

Tuvo que armarse de valor para marcharse del hotel sin pagar. Le hubiera gustado decir en la recepción que Alexei se haría cargo del pago, pero no se atrevió a hacerlo. Por un lado temía que, al hacerlo, empezase a gimotear y, por otro, temía que insistieran en llamarle para verificarlo y que Alexei fuera allí de inmediato. Y eso no podría soportarlo.

El trayecto hacia el aeropuerto le pareció el más largo de su vida. Le angustiaba pensar que Alexei pudiera ir en su busca. Así que no respiró tranquila hasta que el avión despegó y vio cómo Atenas iba quedando atrás.

Pero apenas le duró la sensación de alivio. Aquel viaje no le estaba dando ninguna satisfacción. Estaba contenta por haberse marchado, pero, aun así, no quería volver a casa. No quería ir a ningún lado excepto al lugar en el que había estado antes de entrar en la recepción de la sede Christou. Cuando aún mantenía el orgullo intacto.

Jamás volvería a confiar en nadie en su vida.

«Te odio por lo que has hecho, Alexei Christou, pero aún me odio más a mí misma por haberte permitido que hicieras esto conmigo».

Y entonces, porque el hombre sentado a su lado había empezado a roncar, Victoria se dejó llevar y comenzó a hacer lo que había estado queriendo hacer durante toda la tarde.

Llorar.

Capítulo 11

LA expresión de Alexei cambió.

–¿Qué quiere decir con que se ha ido?

La respuesta fue la misma que le habían dado antes. Lo sentían mucho, pero la mujer inglesa se había ido sin dejarle ningún mensaje.

–¿Está seguro? –le preguntó a sabiendas de quedar como un estúpido, pero su reputación era lo último que le importaba en aquel momento.

–*Ne*, *kyrio* Christou.

Alexei se dio media vuelta para intentar poner sus pensamientos en orden. Pero nada le ayudaba. ¿Qué demonios había pasado?

Había estado luchando toda la mañana por concentrarse y terminar su trabajo. Tenía la mente llena de imágenes de Victoria que no hacían más que distraerle. Incluso después de haberse duchado, su fragancia aún permanecía impregnada en su piel. Casi le parecía estar viendo su sedosa cabellera de color miel extendida sobre su pecho desnudo y sentir la suavidad de su cuerpo sobre el suyo, debajo del suyo, alrededor del suyo...

Su atractivo sexual no era nada nuevo para él, pero ahora iba mucho más allá de eso. En lo que ella le hacía sentir había algo indescriptible y valioso. A veces, después de haber hecho el amor, se acurrucaba contra él y apoyaba la cabeza sobre su pecho mientras, suavemente, le acariciaba el torso. En un momento como aquel cualquier hombre se sentía como en casa.

Las dudas del pasado parecían haberse disipado por completo. Tenía intención de decirle que había actuado de manera muy egoísta al no querer ver las cosas desde su punto de vista. También tenía planeado utilizar todos sus encantos para convencerla de que se quedara. Pero ahora le estaban diciendo que ella se había marchado.

–¿Se ha llevado todo?

–Ochi, *kyrios* Christou.

–¿No?

El corazón le dio un brinco. Tenía que haber algún tipo de explicación. A pesar de que la razón le decía que no había explicación alguna, excepto la que saltaba a la vista, su mente se negaba a admitirlo. Corrió escaleras arriba hasta llegar a la suite, pero tan pronto como entró vio que algo no iba bien.

Alexei se quedó sin aliento. Tragó saliva.

Oh, sí. Había dejado allí algo en particular. De hecho, todo lo que él le había comprado. Todos los sostenes, medias y el resto de lencería. El collar de perlas negras y los pendientes de diamante. Agarró una media de seda y, cerrando los ojos, la sostuvo bajo su nariz para oler su fragancia.

¿Qué demonios había sucedido?

En aquel momento, el director del hotel llamó a la puerta y Alexei, con una expresión más grave a medida que pasaba el tiempo, escuchó lo que tenía que decirle.

–¿La vio marcharse llorando? –le preguntó al

director sorprendido–. ¿Y cuándo pensaba decírmelo?

El hombre se encogió de hombros y no dijo nada más. A pesar de lo enfadado que estaba, Alexei sabía lo que aquel hombre debía de estar pensando. Además de que no era propio de un director hacer algo así, *kyrios* Christou tenía fama de rompecorazones, y ver a una mujer salir corriendo probablemente le resultaba algo nuevo.

Sin embargo, al hablar con ella por teléfono, Victoria no le había dado muestras de tristeza.

Entonces, ¿qué es lo que había pasado en ese intervalo de tiempo para que se marchara de allí llorando y sin decirle una palabra?

Preocupado, se dirigió inmediatamente a la sede Christou. Mientras caminaba hacia la recepción, Alexei se fijó en la morena a quien debería haber dejado ya. Pero el trabajo y tener el pensamiento absorbido por Victoria se lo había impedido.

Al verle, la recepcionista pareció devorarle con la mirada. Pero aparte de deseo, sus ojos reflejaban algo más. ¿Reflejaban culpa, triunfo o quizá una mezcla de ambos?

Alexei frunció el ceño y agitó la cabeza. En aquel momento, como si hubiera tenido una revelación, fue consciente de todo.

–¿Alexei?

–¿Qué le dijiste?

Ella fingió no saber de qué estaba hablando.

–¿A quién?

–¡No me mientas! ¡Y no me trates como a un idiota! –explotó–. ¿Qué le dijiste a mi mujer?

–¡No parecías acordarte de ella mientras te tenía en mi boca!

Alexei montó en cólera.

–¿Fue eso lo que le dijiste?

–¡Naturalmente! ¿Acaso no es cierto?

Alexei apretó los puños contra sus piernas. La ira que sentía en aquel momento era peligrosa.

–Márchate –le dijo–. Sal de aquí ahora mismo.

–Te gusta tratar mal a las mujeres, ¿verdad, Alexei? –le acusó acaloradamente.

–Profesionalmente, serás tratada con total justicia –le contestó haciendo una mueca–. Personalmente, solo puedo decirte que trato a las mujeres como ellas mismas permiten que se las trate –le respondió con desdén mientras, con el corazón latiendo a mil por hora, se dirigía hacia el ascensor que lo llevaría hasta su despacho.

¿Era ya demasiado tarde?

Probablemente.

Y por primera vez en su vida, Alexei reconoció que debía correr el riesgo.

Debía ir tras ella.

Su asistente le estaba esperando cuando las puertas del ascensor se abrieron.

–Prepara el avión –le ordenó Alexei.

Se acabaron las lágrimas.

Una vez en casa, Victoria se enjuagó la cara con agua fría. Ahora se sentía mucho más calmada. Solo sus ojos hinchados y su nariz sonrojaba evidenciaban el hecho de que había estado llorando.

Tenía que hacer frente a los hechos por muy doloroso que fuera. Además de haberle roto el corazón se sentía traicionada, pero iba a superarlo. Ya lo había hecho antes, así que la segunda vez, supuestamente, resultaría más fácil.

Lo que más le molestaba, y le urgía, era que se había marchado sin haber recibido el dinero acordado, pero, naturalmente, iba a asegurarse de que lo cobraba. Después de todo, se lo había ganado. No iba a dejarse intimidar por Alexei, ya no. Le mandaría un correo electrónico pidiéndole que le transfiriera el dinero a su banco. El dinero era legítimamente suyo. Había sacado fuerzas de flaqueza para acceder a su trato. Y lo había conseguido. Pero ahora ya no se creía con fuerza suficiente para volver a hablar con él. Todavía no.

O quizá nunca.

Alguien llamó a la puerta. Seguramente sería Caroline. Estaría impaciente porque se lo contara todo. Victoria le había dicho que intentaría llamarla después de haber ido al supermercado porque aún tenía que decidir cómo explicarle en qué había estado empleando el tiempo durante su estancia en Atenas.

Victoria abrió la puerta y de inmediato trató de cerrarla otra vez. No era Caroline quien estaba allí, sino Alexei.

–¡Vete de aquí!

–No voy a irme a ninguna parte.

–Yo no quiero verte. Es por eso por lo que me marche sin decir adiós. ¿Acaso no entendiste el mensaje, Alexei?

–No puedes salir huyendo después de lo que ha pasado.

–¿Ah, no? ¡Puedo hacer exactamente lo que me venga en gana! ¡Igual que tú! –sus labios adoptaron una expresión desdeñosa–. Solo que yo nunca llegaría tan bajo.

–Permíteme hablar contigo, Victoria –le suplicó bajando la voz, un tono que Victoria jamás le había visto usar–. Por favor.

–¿Qué tienes ahora que decirme que no me hayas dicho ya? –le preguntó con el corazón en un puño–. A menos que quieras relatarme todos tus escarceos amorosos con tus empleadas... ¿Te has acostado con toda la plantilla?

Alexei sabía que no estaba en posición de protestar ante aquella acusación.

–Te aseguro que no me iré de aquí hasta que no me escuches.

–Haz lo que quieras –le dijo dirigiéndose hacia el otro lado de la habitación dándole la espalda deliberadamente. El corazón le latió aún más deprisa cuando oyó el sonido de la puerta al cerrarse.

Victoria se dio media vuelta, pero Alexei aún seguía allí. Permanecía en silencio con la expresión seria como si hubiera estado esculpido en piedra.

–Di lo que tengas que decir y después vete.

–*Theos* –dijo mientras se pasaba la mano por su espeso y oscuro cabello–. Lo siento, Victoria.

–¿Sientes haberlo hecho o que yo lo haya descubierto? –le preguntó.

–¿Tú qué crees?

–¿Te hacía sentir bien el tener una aventura con dos mujeres a la vez? ¿O será que quizá alimentaba tu ego? De todas formas me sorprende que tuvieras necesidad de hacerlo. ¡Según mi punto de vista tu ego es bastante grande sin necesidad de eso!

–No tuve relaciones con ella al mismo tiempo que contigo.

–Entonces me mintió cuando dijo que te estaba

practicando sexo oral mientras estabas hablando por teléfono conmigo, ¿no es así? –Victoria observó la reacción de Alexei y estuvo a punto de creer que iba a desmayarse. Apretó los puños hasta clavarse las uñas en las palmas de las manos–. No, creo que no mintió.

Él tenía ganas de gritar y clamar en contra de su arrogancia y estupidez, pero, si quería intentar salvar lo suyo con Victoria, debía de andarse con pies de plomo.

–Por amor de Dios, Victoria, ¡han sido siete años! ¡Siete años en los que ni siquiera hemos hablado! ¡No soy adivino! Y, desde luego, no he llevado la vida de un monje con la esperanza de que algún día me llamaras para pedirme el divorcio.

–Obviamente, no –contestó ella.

–No he vuelto a verla desde que llegaste a Atenas. ¡Te lo juro, Victoria!

–¡No te he pedido que me jures nada!

–De hecho, desde el mismo instante en que llamaste, todo el deseo que pudiera sentir hacia otras mujeres desapareció. Solo tenía deseos de ti.

Ella lo miró con desdén.

–Y se supone que tengo que estar agradecida por ello, ¿verdad?

–Estoy tratando de decirte la verdad –declaró.

Victoria sabía lo que era el dolor y no podía soportar ya más, así que se obligó a mantener la voz lo más firme y fría posible.

–Bueno, pues ya te he escuchado. Ahora, dejemos todo eso a un lado ¿de acuerdo? Tú tuviste tu sexo, pero yo aún no he recibido el resto del dinero, así que si no te importa me gustaría que cumplieras con tu parte del trato y luego te marcharas.

–¿A pesar de que te amo? –le preguntó muy despacio. Pero su corazón se hundió al ver que ella lo miraba con unos ojos implacables que no reflejaban perdón.

–¡No te atrevas a decir eso! ¡No te atrevas a pronunciar palabras que no sientes solo para expresar tu propia arrogancia!

–Lo he dicho porque lo siento y no por otra razón. Has vuelto a traer la ilusión a mi vida, también la razón y... – dijo posando la mano sobre el corazón –, la pasión –acabó, bajando el tono de voz–. ¿Y sabes algo? Creo que en el fondo tú también me amas, Victoria. Sabes que esa mujer no significa nada para mí, pero ella te sirve de excusa. Te sirve de excusa porque estás asustada –alzó las manos a modo de súplica–. Yo también lo estoy, Victoria, porque ambos nos encontramos a punto de dar un gran paso.

Ella agitó la cabeza.

–No, Alexei. No creas que vas a conseguir lo que quieres solo por admitir tu vulnerabilidad –¿pero no era la misma vulnerabilidad que le había hecho darse cuenta de que ella aún lo seguía amando? ¿Acaso no tenía razón acerca de la recepcionista? Ella telefoneó sin previo aviso. ¿Realmente pensaba que un hombre tan apasionado como él podría haberse mantenido célibe todos ellos años?–. ¿Por qué no te negaste a aceptar la llamada? –le preguntó.

–Porque mi asistente me pasó la llamada directamente.

Victoria tomó aire. Lo único que ya le quedaba era la sinceridad. Y quizá un poco de orgullo.

–No puedo seguir siendo tu amante. No puedo

hacerlo, Alexei. Quizá habría funcionado si no hubiéramos sido marido y mujer, pero, sinceramente, no creo que funcionara.

–¿Acaso no me amas? Porque si me dices que es así no te creeré, Victoria. Tus labios pueden decir una cosa, pero tus ojos reflejan lo contrario.

«Sé valiente», se dijo a sí misma respirando hondo. Por mucho que se quiera, una persona es incapaz de cambiar lo que siente, pero sí se puede cambiar de actitud hacia esos sentimientos. Podría modificar la manera de reaccionar ante sus sentimientos si, llegada la ocasión, necesitaba protegerse de ellos. Y lo necesitaba. Necesitaba toda la ayuda que pudiera obtener.

–Sí, te quiero. Parece ser que no puedo evitarlo. Pero eso no significa que haya futuro alguno para nosotros. Lo básico sigue estando ahí, en eso estoy de acuerdo. La química y la manera en que ambos nos sentimos estando juntos... pero las cosas que influyeron en nuestra separación también siguen estando ahí. ¿Por qué ahora tendría que ser diferente?

–Porque somos mayores y responsables de nuestro destino –contestó como un hombre suplicando por su vida ante su verdugo. Así es como se sentía. Como si Victoria tuviera la llave de su futuro y de su corazón–. Ahora ambos podemos decidir cómo vivir nuestras vidas. Ya no soy un aprendiz, ahora dirijo la compañía.

–Y pronto estarás en la tumba si no bajas el ritmo.

–¿Estás diciendo que crees que no debería trabajar?

–Jamás me atrevería a darte consejos acerca de

cómo vivir tu vida –respondió, pero entonces vio que los ojos de Alexei estaban llenos de sufrimiento. Ver aquello la impactó tanto, que casi se quedó sin respiración. Porque ella también estaba sufriendo. ¿Iba a seguir castigándolo y castigándose a sí misma?–. Oh, Alexei –susurró.

Alexei suspiró al percibir en la voz de Victoria un atisbo de esperanza. Había pasado toda su vida luchando y ganando batallas en los salones de juntas, pero el instinto le decía que esa victoria no estaba del todo asegurada.

–No tenía previsto que pasara lo que ha sucedido. No esperaba desearte tanto después de tanto tiempo. Incluso llegué a pensar que con hacer el amor una vez, o quizá dos, sería suficiente. Pensé que eras un deseo que podía satisfacer, pero no es así, Victoria –sus ojos brillaban como dos estrellas negras–. Nunca lo has sido. Y nunca lo serás.

–Pero, aun así, con toda tu sangre fría me hiciste convertirme en tu amante porque sabías que necesitaba el dinero –contestó enfurecida–. ¡No se trataba de sexo, lo que querías era venganza!

–En efecto, así era. Pero ahora todo ha cambiado, Victoria, *mu* –le dijo despacio–. Ambos lo sabemos. Yo no esperaba volver a sentir esto otra vez. Sentir este amor que hace que todo lo demás sea algo insignificante.

Victoria se sintió flaquear, pero la fuerza de lo que realmente quería era demasiado poderosa para resistirse. Podrían seguir midiendo sus fuerzas durante toda la tarde, pero solo había una cosa que realmente les importara. Y Victoria no podía resistirse por más tiempo. Dejó escapar un suspiro desde lo más profundo de su alma que Alexei entendió como una señal de rendición. Extendió los brazos ante ella y Victoria corrió a refugiarse en ellos como si se tratara de una niña pequeña.

Alexei la sostenía fuertemente contra él mientras que, hundiendo su rostro en la espesura de su cabello para oler su fragancia, reflexionaba sobre lo cerca que había estado de volver a perderla.

–No me merezco esto –dijo él por fin.

–Cierto –asintió ella mientras las lágrimas brotaban de sus ojos.

Alexei se separó de ella y, al ver que Victoria estaba llorando, se puso triste. Con las yemas de sus dedos le limpió cada una de las lágrimas que corrían por sus mejillas con total dulzura, delicadeza y amor.

–¿Serás mi esposa? –le preguntó con ternura.

–Pensé que ya lo era.

–Me refiero a... Ser mi esposa en toda regla.

–¡Oh, Alexei! –apenas pudo terminar de pronunciar su nombre porque Alexei selló sus labios con su apasionado beso. Victoria le acarició la mejilla–. ¿Pero qué me dices de tu madre? ¡Se enfadará cuando se entere!

Alexei sonrió.

–En cierta ocasión me dijo que, después de que nos separáramos, el brillo de mis ojos había desaparecido.

–¿De verdad?

–Sí. Las madres tienen la habilidad de hablar con sinceridad a sus hijos. Además, ella quiere que yo también tenga mis propios hijos.

–Y tú, ¿quieres?

–Sí, claro –dijo vacilante.

–Yo también –confesó ella con cierta timidez.

Alexei asintió y se mordió los labios. Tenía los sentimientos a flor de piel y era incapaz de contenerlos.

–Pero aún no –dijo volviendo a estrecharla contra sus brazos y cerrando los ojos para que ella no pudiera ver que él también estaba a punto de llorar.

Pues había estado a punto de perder la cosa más importante de su vida.

Epílogo

EL viento azotaba el cabello de Victoria mientras que las elegantes líneas del Aphrodite cortaban las olas.

Victoria permanecía en cubierta respirando la suave brisa del mar cuando sintió que Alexei se acercaba tras ella y le rodeaba la cintura con las manos mientras se acurrucaba contra su cuello.

–¿Has pasado un buen fin de semana? –murmuró él.

–Umm –ella se recostó sobre su fuerte pecho–. Ha sido un fin de semana perfecto.

Habían asistido a la boda de la hermana pequeña de Alexei. Un feliz acontecimiento en el que toda la familia Christou se había reunido en la villa familiar en Vouliagmeni. La misma casa en la que había pasado los primeros momentos de su matrimonio. Pero ahora, después de lo que Alexei y ella habían vivido allí, los amargos recuerdos que pudiera haber tenido de ella habían desaparecido.

–Mi madre te adora –le dijo con ternura.

Sabía que Alexei estaba tratando de tranquilizarla, pero ella ya no lo necesitaba.

–Lo sé, querido. Yo también he aprendido a quererla.

Victoria ya no encontraba amedrentadora a la

matriarca de la familia y ambas se había mostrado bastante entusiastas ante la idea de olvidar todo lo que había sucedido en el pasado.

Dos años después de haber renovado sus votos matrimoniales, la vida de Alexei había cambiado por completo gracias a la mujer con la que, tanto tiempo atrás, se había casado. Con su acostumbrada arrogancia, solía pensar que quizá tuviera la habilidad de reconocer una verdadera joya a simple vista.

Alexei miró hacia el mar y divisó tierra más allá del horizonte. Se dirigían hacia su isla, ahora la isla de ambos, un punto estratégico y paradisiaco en el que podían estar completamente a solas. Ahora eso era lo más valioso para él. El atractivo de las grandes operaciones y las salas de juntas se había desvanecido. La vida está ahí para vivirla intensamente y junto a ella, le resultaba muy fácil.

–¿Eres feliz? –le preguntó suavemente, ya que le había parecido verla un poco cansada a la hora de la comida.

–*Eftihismenos* –asintió en su cada vez más fluido griego.

Esa vez, no iba a cometer los mismos errores del pasado. Ninguno de ellos iba a hacerlo. Las clases de griego no eran un lujo, sino una necesidad y ahora era lo suficientemente madura como para no verlas como un reto intelectual. No era un idioma fácil de aprender, pero era bonito. Además, tenía que aprenderlo si quería entender a sus hijos... si es que los tenía.

De repente, sintió que se sonrojaba. Acababa de descubrirlo aquella misma mañana, pero había guardado el secreto para sí misma. Quería encontrar el momento adecuado para decírselo a Alexei y, en un día lleno de momentos perfectos como aquel, ese momento parecía el más propicio.

Victoria se puso de puntillas y lo besó en los labios, esperando ver su reacción en cuanto le dijera el dulce milagro que había producido su unión.

–Alexei, *mu* –le dijo con dulzura–. Tengo algo que decirte...